I0634332

BLANÇAY,

PAR L'AUTEUR

DU

NOUVEAU VOYAGE

SENTIMENTAL.

Frontispice
de Blancay.

Tom. I. Pag. 1.

BLANÇAY,

PAR L'AUTEUR

DU

NOUVEAU VOYAGE

SENTIMENTAL.

TROISIÈME ÉDITION.

PREMIÈRE PARTIE.

A PARIS,

Chez LOUIS, Libraire et Commissionnaire, rue Saint-Severin, N°. 29.

1792.

BLANÇAY.

CHAPITRE PREMIER.

QUELLE DIFFÉRENCE DE CEUX-CI A CEUX-LA ?

JE venais d'atteindre ma quinzième année, lorsque les Supérieurs du Collége de ***, où j'étais depuis ma plus tendre enfance, me firent appeler dans leur salle d'assemblée. En arrivant, je remarquai sur tous les visages, cette expression que feignent les gens indifférens, quand ils ont à annoncer une nouvelle à laquelle ils veulent avoir l'air de prendre part. En effet, c'étoit pour me dire que l'on ne pouvoit me garder plus longtems.

Une place importante ayant appelé mon père dans l'Inde, lorsque j'étois encore en bas âge, il m'avait mis dans ce Collége, où ma pension avait toujours été payée d'avance. La suppression de sa place, causée par des changemens de principes dans l'Administration; la mort de ma mère, arrivée presqu'en même tems; d'autres chagrins encore lui avaient rendu odieux le séjour de l'Inde. Il avait vendu toutes ses possessions, s'était embarqué pour revenir en France; et l'on attendoit, chaque jour, la nouvelle de son arrivée, lorsqu'on apprit qu'il avait malheureusement péri dans la traversée. Il y avait un mois échu au-delà de ce qu'il avait envoyé d'avance pour ma pension ; personne ne se présentait ; par conséquent on courait, en me gardant, le risque de n'être plus payé. --- « Et notre maison est » trop pauvre », ajouta le Supérieur, d'un ton faussement affectueux, « pour que nous puissions suivre le » desir que nous aurions de vous ser» vir de pères ; ainsi, mon cher enfant, » il faudra sortir d'ici dès demain. --- » Hélas ! Et pour où aller » ? répondis-je en sanglotant.

« Nous connaissons trop peu le » monde », me dit l'un d'eux, » pour » pouvoir vous donner des conseils ;

» mais la Providence est grande, » mon enfant; on trouve toujours » assez pour ne pas mourir de faim ».

La cloche du réfectoire sonna. On y courut; moi, je restai noyé dans mes larmes, et passant à implorer les bontés de la Providence, le tems que les Religieux employaient à jouir de ses dons, sans s'inquiéter de l'être infortuné qu'ils abandonnaient à la merci des évènemens.

Après le souper, presque tous mes camarades accoururent me témoigner leur chagrin; et il était sincère. Je crois les voir encore m'entourer, me regarder de cet air vraiment compatissant: -- « Ce pauvre Blançay »! disait l'un. --- « Mais que va-t-il » devenir » ? ajoutait un autre. ---

« Est-ce que tu ne connais per-
» sonne », reprenait un troisième.--
« Écoute », disoit encore un autre,
« ne te désespère pas : tu n'auras
» qu'à venir me trouver les jours de
» congé ; je te donnerai tout l'argent
» que j'aurai » --- « Et moi aussi »,
s'écrièrent-ils tous ensemble.

Dans ce moment entra le jeune d'Arseil, avec lequel j'avais eu, ce même jour, une querelle assez vive ; mais qui, oubliant tout son ressentiment, dès qu'il me vit malheureux, s'élança dans mes bras, mêla ses larmes aux miennes, et répéta avec les autres : « Pauvre Blançay ! Allons,
» mes amis, donnons-lui tout ce que
» nous avons ». A l'instant toutes les poches se vidèrent entre ses mains,

Il restait un nommé Bernard, pauvre boursier, qui, de sa vie, n'avait eu un sou en sa disposition. Il n'avait pas proféré une seule parole; mais son silence n'en était que plus touchant, parce qu'à l'expression des mêmes sentimens que les autres me témoignaient, se joignaient celle du regret de ne pouvoir me les prouver de même, et cette timidité honteuse que le pauvre contracte par l'habitude de se voir toujours rebuté.

« Mon cher Monsieur », me dit-il d'un ton à la fois respectueux et pénétré, « je suis bien fâché. . . . mais » vous savez . . . . je suis pauvre. . . . » si j'osais, j'ai gardé ma collation » pour vous.... permettez-moi... ». En même tems il remplissait ma poche, et son air semblait me dire : « Ne me refusez pas ; vous me cha» grineriez trop ».

Je le laissai faire. Ensuite l'embrassant.... Mais je fus obligé de me lever et de le ramener vers moi. Le pauvre garçon craignait sans doute de m'humilier en franchissant, lorsque j'étais dans le malheur, la distance qui jusqu'alors avait été entre nous.

Pendant ce tems, d'Arseil avait réuni tout ce que mes camarades lui avaient donné.

Hélas ! de ces mêmes camarades si sensibles à mon sort, j'en ai, depuis, rencontré dans le monde plusieurs qui m'ont méconnu. Le titre de malheureux, qui avoit été si puissant auprès d'eux au Collége, leur faisoit détourner de moi leurs regards. Au Collége, ils étaient encore les hommes de la nature ; dans le monde, ils étaient les hommes de la société.

« A quoi vous amusez-vous donc, » Messieurs ? N'avez-vous pas entendu sonner la cloche pour aller » se coucher ? Vous ferez demain vos » adieux ».

Celui qui parlait ainsi était, comme on s'en doute bien, un des Religieux. Il joignit à cette apostrophe un ton aigre pour les autres, et pour moi un air si apathique ! ... La compassion de mes camarades avait mis un appareil sur ma blessure : cet homme impitoyable l'arracha, et je sentis de nouveau tout mon mal.

On juge bien que, de la nuit, je

ne pus fermer l'œil. Le lendemain, dès que le jour parut, je me levai pour sortir. En avançant vers la porte, je craignais que celui qui la gardait, et qui était un véritable Cerbère, ne me retînt. J'ignorais que, dans la position où j'étais, on ne trouve jamais d'obstacles pour s'éloigner. J'ai même pensé depuis, en réfléchissant à la facilité que j'avais trouvée, que les Pères avaient prévu ma démarche, er qu'ils n'étaient pas fâchés de se voir ainsi débarrassés de moi. C'était cependant un Couvent fort riche.

Par la suite, j'y suis retourné plusieurs fois ; les endroits où l'on a passé son enfance ont toujours un charme inexprimable : mais ce n'a été qu'après la suppression de cet Ordre : la vue d'un seul de ses membres aurait empoisonné tout mon plaisir.

CHAPITRE II.

LE PRÉDICATEUR.

J'ÉTAIS sorti de chez eux à six heures du matin. Il en était quatre après midi, que je n'avais pas encore cessé de marcher, parcourant toutes les rues de Paris, sans penser seulement que je marchais, sans même sentir le besoin que j'avais de manger. Enfin, excédé de fatigue, je cherchais un endroit pour me reposer, lorsque je me trouvai devant une Eglise. J'y entrai. Il y avait une quantité de chaises, mais je n'avais pas trop d'argent, et on m'aurait arraché celle que j'aurais osé prendre. J'allai m'asseoir sur les marches d'une chapelle. Il s'était écoulé une heure à-peu-près, quand je m'apperçus que l'Église s'était remplie de monde. La conversation de ceux qui m'environnaient m'apprit que l'on alloit prêcher ; que le sujet du sermon serait la charité chrétienne ; enfin, que le prédicateur était l'Abbé Fulgens.

J'avois vu souvent venir chez mes Professeurs un Abbé de ce nom, qui possédait de très-gros bénéfices, qui était accueilli dans les plus grandes sociétés, et qui même disposait à son gré de plusieurs personnes puissantes. --- « Si ce pouvait être lui » ! dis-je en moi-même. Le prédicateur parut au moment où je formais ce vœu.

C'était

C'était effectivement l'Abbé que je connaissais.

A sa vue, un rayon d'espoir pénétra dans mon ame. Cet espoir augmenta encore, et alla toujours croissant pendant son sermon, qui était écrit avec toute l'énergie imaginable. Lorsqu'il fut fini, je courus vîte à la sacristie, pour instruire M. l'Abbé de mes malheurs; mais hélas! le Prédicateur et l'Abbé étaient dans le même homme, deux êtres bien différens. L'esprit avait fait le sermon; le cœur n'entendit pas mes plaintes. L'Orateur, qui venait de déployer toute la chaleur du sentiment, m'écouta avec tout le froid de l'insensibilité; et le ton d'onction apostolique, qu'il avait eu dans la chaire, fit place au ton dédaigneux d'un protecteur qui refuse.

Un laquais étant venu dire à M. l'Abbé, que Madame la Duchesse l'attendait, il s'élança hors de la sacristie, avec l'élégante légèreté d'un agréable, et sortit avec la Duchesse, au milieu d'une foule de pauvres qui tendaient la main, et qui n'obtinrent seulement pas un regard.

CHAPITRE III.

LA BONNE VIEILLE.

PLUS accablé encore que je ne l'étais avant d'avoir espéré, je sortis de l'Eglise, et j'allai à quelques pas de là, m'asseoir sur un banc de pierre. Mille personnes peut-être étaient déja passées là sans faire plus d'attention à moi qu'au banc sur lequel j'étais assis, lorsqu'une vieille femme s'approcha pour me demander ce que j'avais. Je jetai un long soupir, et je lui répondis que je n'avais rien. --- « Excusez-moi, mon jeune Monsieur, » me dit-elle, j'ai cru que vous vous

» trouviez mal. Vous êtes si pâle!
» Etes-vous incommodé? vous n'avez
» qu'à dire: je vous ferai approcher une
» voiture, ou je vous donnerai le bras,
» pour vous conduire chez vous ».

Je la remerciai, je lui répétai que je n'étais point malade. En me quittant, elle se retourna plusieurs fois, comme si elle se fût doutée que l'amour-propre, ou l'excès de la douleur, avait dicté ma réponse. Enfin elle tourna un coin de rue, je ne la vis plus ; et je me retrouvai seul au milieu d'une foule innombrable qui allait et venait devant moi.

Il était nuit. Je m'étendis sur le banc pour me délasser un peu. -- « Si
» c'est-là sa chambre à coucher », dit un grand laquais qui sortait de l'hôtel

à la porte duquel je me trouvais, » son loyer ne lui coûtera pas cher ». --- « Eh! l'ami », dit un autre, « à » quelle heure voulez-vous qu'on » vous éveille ? --- « Holà ! », dit un troisième, en me jetant presque par terre, « va-t-en choisir un autre gîte. » Tu pourrais bien n'être pas-là tout » seul ; et, demain, quand nous vou- » drions nous y asseoir ».... --- « Eh! » Messieurs », dit une voix tremblotante, « pourquoi maltraitez-vous » ce pauvre jeune homme ? Seriez- » vous bien-aises, à sa place » ? ... C'était la vieille femme qui, quelques heures auparavant, m'avait offert ses secours. « Vous voyez bien », me dit-elle, « que j'avais raison tantôt. » Allons, donnez-moi le bras ; je ne

» demeure qu'à deux pas d'ici ». En disant cela, elle prend effectivement mon bras, et m'emmène.

Je crus, en entrant chez elle, reconnaître, à la lueur d'une lampe vacillante, la demeure de Philémon et Baucis. Deux chétifs lits sur des traverses portées par de vieux étais, quatre ou cinq chaises vermoulues, une table boîteuse. . . . Il n'y avait qu'un bon meuble : c'était un de ces grands fauteuils qui, après avoir décoré de vieux châteaux, viennent se cacher dans les greniers du pauvre. La bonne vieille réunit toutes ses forces pour le sortir du coin où il était, et le traîner jusqu'à la cheminée. Elle le fit avec tant d'empressement, que je n'eus pas le tems de l'aider.

Blancay.

Tom. I. Pag. 28.

« Asseyez-vous, mon cher enfant ! » Comme il a froid ! Attendez ». Et s'accroupissant devant l'âtre, elle arrange deux tisons éteints, prend un charbon dans sa chaufferette, arrache quelques brins de paille de la chaise la plus vieille. « Ce cher » enfant » ! dit-elle encore ; et elle se met à souffler de toute la force de son haleine. « Mais voyez donc ce » vilain feu ! Il semble que c'est fait » exprès. Oh ! il faudra bien que tu » ailles ». Et la voilà finissant de dépouiller la chaise du peu de paille qui y restait. Enfin elle en vint à bout. « Approchez-vous bien, me dit-elle, en me prenant les deux jambes, et me mettant presque les pieds dans le feu ; « et vos mains donc » ?

Puis la voilà trottant dans la chambre, remuant deux ou trois écuelles de terre, transvasant de l'une dans l'autre, et marmottant par intervalles. « C'est encore bien heureux qu'il ne » soit que mercredi. Il y en a encore » un peu. Je suis bien-aise de ne » l'avoir pas pris à dîner. Ce cher » enfant! cela lui fera du bien ». Il s'agissait d'un bouillon. La bonne vieille ne mettait qu'un pot au feu par semaine; c'était le dimanche. Elle aurait été désolée que nous eussions été au jeudi, parce qu'elle n'aurait plus eu de bouillon à me donner. Elle voulait y mettre du pain, me faire cuire quelques pommes de terre sous la cendre; mais elle me tâta le pouls : j'avais la fièvre.

« Ce cher enfant ! . . . Oui, il vaut » mieux ne prendre qu'un bouillon. » Mon Dieu ! que je suis donc bien- » heureuse d'en avoir encore ! Il faut » vîte vous coucher. Je vais vous » arranger mon lit. Je coucherai avec » ma filleule Justine. Allons, mon » bon ami ». Et tout en disant, elle promenait sa chaufferette dans le lit, au lieu de bassinoire. « Tout cela ne » sera rien ; il ne faut pas se décon- » forter. Le bon Dieu pourvoit à » tout ».

Monsieur l'Abbé, votre sermon était bien écrit, mais je doute qu'aucun de vos auditeurs en soit sorti valant cette respectable femme.

Pendant que je faisais cette réflexion, la bonne vieille décrochait deux ou trois jupons, et quelques autres guenilles qui formaient toute la tapisserie de son réduit; et, les entassant sur le lit : « Tâchez de » suer, mon cher enfant : cela vous » fera du bien. Allons, dormez ». Elle alla se remettre auprès du feu, où je l'entendis répéter plusieurs fois entre ses dents : « Ce pauvre enfant! » Ce que c'est que de nous ! mon » Dieu ! ce que c'est que de nous » !

Ensuite elle alla se mettre à genoux devant une Vierge de plâtre, couverte de vieux oripeaux, entourée de fleurs de papier enfumées, et de quelques cierges de cire jaune.

CHAPITRE IV.

JUSTINE.

LE lendemain, je m'éveillai avec une fièvre brûlante. Pendant huit jours, je ne quittai pas le lit. La bonne vieille eut autant de soin de moi, qu'une mère en aurait de son enfant. Elle était secondée, le matin et le soir, par cette Justine dont elle partageait le lit, depuis que j'occupais le sien.

Justine était une personne d'une trentaine d'années, d'une maigreur, d'une pâleur effrayante. Elle paraissait avoir été jolie ; mais il ne lui restait que cet air intéressant que donnent les longues souffrances. Un grand œil bleu, que la nature avait destiné à exprimer la volupté, n'exprimait plus que la douleur. Sa voix était presque éteinte, sa bouche décolorée. De longs cheveux bruns, que je voyais se boucler sur ses épaules, lorsqu'ils s'échappaient de dessous son bonnet, y étaient ordinairement ramassés sans ordre. Ses habillemens avaient de même l'air du plus grand abandon. Enfin tout annonçait en elle une infortunée qui respire encore, mais qui ne tient plus à la vie.

« Eh bien » ? lui disait la vieille, chaque soir, quand elle rentrait. --- « Hélas » ! répondait Justine, avec un long soupir ; et elle ajoutait invariablement l'une de ces réponses :

« *J'en*

» *J'en ai vu un ;* ou , *je les ai vus* » *tous les deux* ».

Ensuite elle tombait dans une espèce de stupeur dont elle ne sortait que pour laisser échapper des soupirs qui paraissaient la suffoquer sans cesse, ou pour seconder la vieille dans les services qu'elle me rendait. Alors elle avoit une expression de bonté si touchante !.... Il n'y a que les infortunés qui aient cette expression-là.

Elle partait, chaque matin, dès qu'il était jour, emportant avec elle une portion d'alimens si petite, qu'à peine y en avait-il pour se soutenir. Le soir, elle ne revenait qu'à nuit close, soupait aussi sobrement qu'elle avait dîné ; puis restait au coin du feu à gémir, à soupirer .... sans doute jusque bien avant dans la nuit. Quelque tard que je m'endormisse, c'était toujours avant qu'elle pensât à prendre du repos.

CHAPITRE V.

LA MONTRE.

LA première fois que je me levai, je me rappelai, en prenant mes habits, cette collation de Bernard, qu'il m'avait donnée avec un air si pénétré de ma situation. Je trouvai dans ma poche une part toute entière. Le bon jeune homme n'avait rien mangé pour me tout apporter. Mais quelle fut ma surprise de trouver aussi une montre d'argent! Elle lui avait été donnée par un pensionnaire qu'il avoit soigné pendant une longue maladie. C'était le seul bijou, l'unique bien que le pauvre Bernard eût au monde, et ne voyant que ma situation, ne consultant que son cœur, il s'en était privé pour moi, et avec quelle délicatesse !

« Le brave garçon » ! s'écria la vieille, quand elle sut la cause de ma surprise ; « le bon Dieu ne l'aban-
» donnera jamais. Ah ! c'est bien beau,
» oui, bien beau de sa part ; si jamais
» je peux le rencontrer ! . . . mais
» c'est une action de prince ; c'est
» plus encore, puisqu'il n'avoit que
» ça. Oh ! je veux, dimanche pro-
» chain, aller entendre la Messe à
» ce Collége-là, à l'intention de ce
» bon Bernard ; ensuite le voir, l'em-
» brasser ». . . . .

Je l'interrompis, pour lui témoigner combien je souffrais de ce que mes jambes ne me permettaient pas d'aller, dès l'instant même, remercier Bernard, le serrer dans mes bras, publier son bienfait; mais le conjurer de reprendre sa montre, que je ne pouvais garder sans abuser. . . .

« Bien! mon cher enfant », me dit la vieille, en m'embrassant; « je » vois que vous êtes un brave garçon. » Le ciel vous maintienne toujours » comme ça. Mais soyez tranquille; » j'irai dimanche. Nous sommes à » vendredi; cela ne fera que deux » jours de retard ».

CHAPITRE VI.

LES SOUVENIRS.

LE dimanche, elle se leva de très-grand matin, pour se rendre au Collége. Justine resta. J'ai su, par la suite, que ces jours-là elle passait ordinairement la matinée à l'Église; mais qu'elle était restée, cette fois, à cause de moi, persuadée que des prières ne sont pas plus agréables à la Divinité, que des soins donnés à un pauvre malade; et je l'étais d'autant plus alors, que j'avois voulu me lever trop tôt.

Justine était assise à côté de mon

lit ; elle avait pris ma main pour me tâter le pouls, et était tombée dans ses rêveries ordinaires, sans avoir pensé à la quitter. Sa tête s'était penchée sur une de ses épaules; ses yeux étaient fixés vers la terre; un de ses bras tombait abandonné à lui-même ; sa poitrine avait des mouvemens lents, mais forcés; chaque respiration était un soupir sourd et prolongé. De tems en tems, elle serrait ma main (qu'elle ne croyait plus tenir); et ce serrement était presque convulsif. Enfin, après un assez long tems, elle releva lentement la tête, et tournant les yeux vers moi : « Quel » âge avez-vous » ? me dit-elle. Je lui répondis que j'avais quinze ans. --- Hélas ! c'est le même âge ! Et elle reprit sa première attitude ; mais, cette fois, deux ruisseaux de larmes sillonnèrent son visage, sans qu'elle parût cependant les sentir couler ; car elle ne pensa point à les essuyer, et elles se tarirent sans qu'elle fût sortie de son immobilité.

Je ne peux dire combien j'avais le cœur serré. Vingt fois j'ouvris la bouche pour l'interroger ; vingt fois la parole expira sur mes lèvres, soit par l'impuissance où je me sentais de lui offrir des consolations, soit parce que de telles douleurs ont quelque chose de si auguste ! Cependant je hasardai à demi-voix, et en traînant les premières syllabes : « Si...
» j'o... sais, ... vous .... de....
» ... mander » ! ...... Elle m'in-

» terrompit en portant la main sur son cœur. ---« Malade pour toujours », me dit-elle. Puis, me regardant encore avec plus d'expression; quand elle m'eût beaucoup fixé: -- « Quinze » ans! c'était le même âge! il y a le » même tems! Ah! grand Dieu »! En prononçant cette exclamation, sa tête se renversa; ses yeux se tournèrent vers le ciel; tous ses membres éprouvèrent une violente contraction; et, tout de suite, elle reprit sa première attitude et son immobilité.

CHAPITRE VII.

L'INJUSTICE.

» Les vilains Moines ! C'est indigne; » oui, c'est indigne. Ils en répondront » devant Dieu. .... Ce brave gar- » çon ! ... Belle manière d'encou- » rager à faire le bien ! ... Oh ! je » suis d'une colère ! ... Ce n'est pas » bien d'être en colère; j'en demande » pardon à Dieu. .. Mais c'est affreux » de le punir pour ça. Oh ! jamais, » non, jamais on n'a vu pareille » chose ».

C'était la vieille qui rentrait, parlant ainsi toute seule, sans faire même attention à nous : et, tout en parlant, elle arpentait la chambre, gesticulait, soufflait, marquait chaque intervalle d'une réflexion à l'autre par un grand coup de sa béquille sur le plancher. Je ne pus la faire expliquer plus clairement, que quand elle eut jeté son premier feu.

« Imaginez-vous, mon cher enfant,
» que je me suis trouvée à la porte du
» Collége, comme on venait de l'ou-
» vrir : l'empressement de voir ce
» brave Bernard, m'avait rendu mes
» jambes de vingt ans : je me faisais
» une si grande fête de l'embrasser,
» en lui rendant sa montre, et puis
» après de le dire à tout le Collége !
» Je sais bien que ça lui aurait fait
» de la peine : mais faut que tout le
» monde sache ces choses-là, parce

» que ça donne envie de les imiter :
» mais pas quand elles sont si mal ré-
» compensées. Oh ! quand ce portier
» m'a dit ça, je ne suis pas méchante,
» grace à Dieu : cependant, si je les
» avais tous tenus, j'étais si en colère !
» si en colère !... que je leur aurais bien
» dit combien c'était mal à eux. Atten-
» dez : je vais vous raconter ça de suite.
» Deux ou trois jours après que vous
» avez été sorti, on s'est apperçu que
» Bernard n'avait plus sa montre. On
» a voulu savoir ce qu'il en avait fait.
» D'abord, pour éviter de parler de
» sa belle action, il a dit tout plein
» de choses que l'on a aisément re-
» connues pour des mensonges. Il a
» fallu finir par dire la vérité. Eh
bien ! on a encore traité cette vérité-

là

» là de mensonge. Cependant, comme » l'a fort bien remarqué un écolier qui » était-là, il n'était pas sorti : il ne » pouvait que l'avoir perdue, ou vous » l'avoir donnée, puisque aucun des » autres pensionnaires ne l'avait : » mais on était bien aise d'avoir un » prétexte pour donner sa place de » Boursier à un autre qui était pro- » tégé. . . . Enfin la brebis a toujours » tort devant le loup. Le pauvre Ber- » nard a été chassé du Collége ».

--« Bernard chassé ! et pour m'avoir » obligé si noblement ! avec tant de » délicatesse ! Sait-on au moins où il » est ? Que j'aille vîte »... J'oubliais que j'étais malade à ne pouvoir me soutenir.

--« Pardi, oui, où il est ? Ils s'en

» inquiètent bien ces gens-là. Quand » je l'ai demandé, un gros vilain » Frère m'a répondu qu'il était bien » loin s'il avoit toujours marché. Je » n'ai pas pu me retenir de lui dire » que c'était indigne, sur-tout à pré- » sent que je venais de lui prouver que » ce brave Bernard était effectivement » victime pour une belle action. Pour » toute réponse, ce vilain brutal m'a » mise à la porte, en m'appelant » radoteuse. Oh! sûrement on est tou- » jours une radoteuse, quand on » prouve aux gens qu'ils ont tort».

-- « Grand Dieu » ! m'écriai-je, » daigne veiller sur mon bienfaiteur, » et lui payer ma dette » !

Je repris ma montre avec un sentiment de vénération, comme un talisman qui me forcerait, toute la vie, à la vertu. Si jamais je faiblissais, je n'aurais qu'à regarder la montre de Bernard : et malheur à moi si je la regardais sans émotion ! Alors je serais perdu sans ressource.

CHAPITRE VIII.

L'ADOPTION.

J'AVAIS aussi trouvé dans mes poches la bourse que d'Arseil y avait mise. Elle contenait un peu plus de trois louis. C'était deux fois ce que valait la montre de Bernard : mais j'y fus deux mille fois moins sensible. C'était le résultat de la générosité de plusieurs. J'avais été humilié, quoique mes bons camarades n'y eussent sûrement pas mis cette morgue, qui souvent dans le monde froisse le cœur de l'infortuné obligé de demander des secours. Oh non ! bien au contraire : les paroles consolantes de l'amitié avaient accompagné leur dons : mais combien ils étaient encore restés loin du respectable Bernard !

Cependant cette bourse m'était d'autant plus précieuse, qu'elle me mettait à même de reconnaître les bontés de la vieille. Je ne m'attendais pas qu'elle se fâcherait de la proposition. Jamais je ne pus lui faire rien accepter.

« Pardi ! v'là queuqu'chose d'beau » que vos trois louis. Et qui est-ce qui » vous achetera des chemises ? Qui » est-ce qui vous achetera des mou- » choirs ? des bas ? des souliers ? Mal- » heureusement ça ne peut pas être » moi. Je n'ai pas un sou de rente. » Tout mon bien, c'est mon rouet ; » et tout est si cher à présent ! Et on » paye si peu le travail des pauvres

» gens ! Mais quoique ça, on peut em-
» pêcher un brave enfant de coucher
» dans la rue, d'y périr de froid et
» de maladie. On en est quitte pour
» travailler davantage. Gn'y a qu'à
» passer deux ou trois nuits, tout ça
» s'arrange : mais ce n'est pas de
» même pour avoir tout ce qui vous
» manque. Ainsi gardez votre petit
» trésor : quand vous vous porterez
» bien, nous irons acheter ce qui vous
» est nécessaire. Entendez-vous, mon
» cher enfant ? Puisque vous n'avez
» plus de parens, je vous servirai de
» mère autant que je pourrai ». Je lui
sautai au cou, en lui disant que,
dès ce moment, et toujours, je lui
donnerais ce titre. « Hélas » ! ajouta-
t-elle en essuyant ses yeux éraillés,

» j'ai eu une fille, un gendre, un
» petit fils qui ne serait que de quatre
» ans plus âgé que vous. Ils ont tous
» péri dans une maison ousse que le
» feu a pris. J'ai espéré long-tems que
» ce pauvre innocent avait été sauvé,
» parce qu'on ne l'avait pas trouvé
» avec les autres morts : mais il faut
» bien que Dieu ait voulu l'appeler
» à lui : v'là quinze ans de passés de
» depuis çt'année-là, qu'a été bien
» malheureuse pour moi : car c'est
» dans le même tems que çte pauvre
» Justine est tombée dans l'état où
» vous la voyez ».

Je voulus profiter de l'occasion pour en demander la cause. Ma bonne mère me répondit que c'était le secret de sa filleule ; qu'elle ne pouvait pas me le dire : que d'ailleurs j'étais trop jeune.

CHAPITRE IX.

LE CABINET.

ELLE fut interrompue par le retour de Justine. « Eh bien » ! lui dit-elle. -- « Hélas » ! répondit celle-ci. Son hélas ! n'était ordinairement accompagné que d'un soupir. Cette fois, il fut suivi d'un torrent de larmes : et ce fut au milieu des sanglots qu'elle ajouta : « Je n'ai vu personne. --- » Est-il possible » ? dit la vieille : » pauvre Justine » ! Elle quitta son rouet, pour aller s'asseoir auprès d'elle : et, lui prenant les deux mains : » pauvre Justine » ! répéta-t-elle, « la journée a dû te paraître bien

» longue ! mais prends patience, ma » chère enfant : demain tu les verras » sûrement ».

Malheureusement la prédiction de la mère Simplet ne s'accomplit pas. Le lendemain, le surlendemain encore, son « Eh bien » ! ne fut de même répondu que par un « Hélas! » je n'ai vu personne ». Et toujours des torrens de larmes, et toujours des sanglots déchirans. Pendant ces trois jours, Justine refusa toute nourriture. Elle rapporta, chaque soir, le peu qu'elle avait emporté le matin... Je crois même que, pendant tout ce tems, elle ne se coucha que la troisième nuit. Elle s'était affaiblie au point, qu'à peine pouvait-elle se lever. Cependant elle voulut encore sortir. En vain nous y opposâmes-nous. « Ce n'est que là », répondit-elle à sa marraine, « que je peux » espérer de souffrir moins ».

Tout ce que celle-ci put obtenir, ce fut que j'accompagnerais Justine. (J'étais alors rétabli.) Elle arriva avec une peine infinie au lieu de sa destination. C'était, à un troisième étage, un cabinet qui avait tout au plus six pieds en quarré. Il y avait, en tout, deux chaises, et une petite boîte dans laquelle Justine, dès que nous entrâmes, s'empressa de serrer des lettres qui étaient éparpillées sur l'une des deux chaises. Le soir, je sus de ma bonne mère que, depuis près de quinze ans, Justine passait toutes ses journées dans ce cabinet, qui se trouvait habitable par les plus grands froids, parce qu'un des côtés était formé de tuyaux de cheminées continuellement échauffés. Elle tricotait là quelques paires de bas que sa marraine allait vendre.

Dès que Justine eut serré les lettres, elle me donna une des deux chaises, prit l'autre, se plaça tout contre la fenêtre, et fixa, sans les plus détourner, ses yeux sur la maison en face de celle où nous étions. Je fis comme elle, à l'immobilité près.

Deux heures s'étaient écoulées dans la même attitude, dans le plus profond silence, lorsque me prenant la main, et me la serrant : « Je souffre » moins », me dit-elle. Je l'en félicitai. Mais elle ne m'écoutait pas. Un objet captivait toute son attention :

c'était

c'était, dans l'autre maison, un jeune homme qui dessinait près de la fenêtre. Quelques instans après, un homme d'un certain âge vint le regarder travailler. Justine me serra la main de nouveau, et la portant contre son cœur : « Je ne souffre plus, non, » plus du tout ». Ses yeux s'étaient animés autant que leur abattement le permettait ; et je vis l'apparence du sourire se dessiner sur ses joues.

Tant que ces deux personnes restèrent contre les fenêtres, les yeux de Justine ne les quittèrent pas un seul instant. Quand on fut en allé : --- » Ah ! je suis bien, tout-à-fait bien » à présent. Nous pouvons retourner » auprès de ma bonne marraine. » Allons vîte la tranquilliser ».

En allant, elle m'avait conduit par toutes sortes de détours, de passages, d'allées de traverse. Elle prit, pour revenir, une route du même genre, mais tout-à-fait différente ; de manière qu'il m'aurait été bien difficile de retrouver l'endroit, si je l'eusse voulu. Elle y joignit la prière la plus instante de ne point chercher à savoir où je l'avais menée. Ce n'était sûrement pas mon intention. Un secret surpris est un véritable vol que l'honnête homme ne se permet pas.

CHAPITRE X.

LA DÉVOTE.

» Mais dites-moi donc, ma bonne » mère, pourquoi mettez-vous tou- » jours sous votre rouet ce jupon plié » en quatre? -- Il le faut bien, mon » cher enfant. La Dame qui loge ici- » dessous prétend que le bruit de mon » rouet l'incommode. Elle occupe un » grand appartement : moi, je n'ai » que cette petite chambre ; il est de » l'intérêt du propriétaire de la préfé- » rer : il m'a menacé de me donner » congé, si la dame se plaignait. Notre » sort à nous autres pauvres, est d'ê- » tre sacrifiés aux caprices des riches.

» Que voulez-vous y faire, mon cher
» enfant ? Le monde est comme ça ;
» nous ne le changerons pas. La vo-
» lonté de Dieu soit faite ».

Quand je rencontrerai de ces prétendus philosophes, dont le stoïcisme ne tient pas contre la plus petite contrariété, je les enverrai à l'école de la mère Simplet. Je crois qu'il faudra bien plus encore les y envoyer, s'il se présente quelque occasion de rendre service à ceux qui leur auront fait sentir le poids de la supériorité.

La Dame qui abusait de la sienne sur la mère Simplet, au point de la gêner dans le seul moyen qu'elle eût de gagner sa vie ; cette même Dame tombe dangereusement malade, et sa maladie, d'un genre pestilentiel, éloigne d'elle tout le monde. La bonne vieille apprend qu'elle est presque abandonnée : elle court offrir ses services. Tous les soins qu'elle lui rendit furent ceux de la sensibilité la plus vraie. Un seul être parut vouloir lutter quelque tems avec elle, c'était un Abbé ; mais à force de fureter, il apperçut un testament. . . . . . . qui n'étoit pas à son profit. Il lui survint tout de suite une si grande quantité d'affaires, qu'il ne lui fut plus possible de venir que de loin en loin . . . . tant que le danger dura. Ses visites redevinrent fréquentes, dès qu'il fut décidé que la malade en reviendrait.

On croit sans doute que la Dame convalescente va ouvrir sa bourse à la mère Simplet, et la récompenser généreusement. Point du tout : elle la paye beaucoup moins qu'une garde ordinaire, parce que, dit-elle, on n'était pas allé la chercher ; et puis on a les pauvres de la Paroisse, pour lesquels M. l'Abbé prêche tant! La vieille, qui n'avait écouté que son bon cœur, et qui n'aurait même rien accepté, si elle n'eût pas été si pauvre, fut contente de ce qu'on lui donna. Pour moi, je revenais d'autant moins de mon étonnement, que tout chez la Dame annonçait une personne pieuse. Les murs étaient couverts d'images de Saints ; la bibliothèque ne contenait que des livres sacrés ; au chevet du lit pendait un gros chapelet accroché à un bénitier ; à côté était un prie-Dieu, avec tous ses accessoires, et le premier usage que la Dame fit de sa santé, fut d'y faire des stations aussi longues que ses forces le lui permettaient.

C'était sur-tout dans son grand fauteuil qu'elle était édifiante. Vêtue d'un linge blanc comme la neige, enterrée dans plusieurs coussins, le regard calme, le sourire de la satisfaction, un cou aussi blanc que son linge, et dont l'éclat est encore relevé par un large collier noir, auquel pend une croix de cristal; entre ses mains, un joli chapelet de corail; l'air du recueillement dans les momens de silence; et, dans les autres, des dissertations sur les vertus chrétiennes avec un ton si pénétré, d'un style si rempli d'onction, qu'un jour ma bonne mère crut pouvoir en espérer la guérison de Justine.

« Oui, ma bonne Dame », disait-elle, « je vous l'amenerai. Elle vous » racontera elle-même... parce que, » moi, elle m'a recommandé le secret. » Tout ce que je peux vous dire, c'est » que depuis quinze ans elle est dans » cet état ; que c'est une faiblesse » d'amour »....

-- « Une faiblesse d'amour » ! dit » la dévote. Et vous osez me pro» poser !.. à moi !.. Le ciel la pu» nit ; c'est bien fait. Gardez-vous » de jamais l'amener ici ; sa présence » souillerait ma demeure ».

La pauvre Simplet, toute déconcertée, gardait le silence. Elle entend

Justine qui rentre. Elle remonte bien vîte. Je la suis, tremblant que la dévote n'eût affaibli sa compassion pour Justine.... Pardon, ma bonne mère, pardon de cette injure. Je devais mieux connaître la bonté de votre cœur. Je crois même qu'au contraire votre « Eh bien » ! fut encore prononcé plus affectueusement qu'à l'ordinaire. Justine était aussi plus contente, ou plutôt moins triste. Elle les avait vus tous les deux, et presque pendant toute la journée. Les « tant mieux » ! de la vieille étaient d'une expression !... Encore une fois, pardon, ma bonne mère, de l'injure que je vous ai faite.

CHAPITRE XI.

QUI N'ETONNERA QUE LES NOVICES,

CETTE anecdote augmenta, comme on le pense bien, l'espèce de vénération qu'elle m'avait inspirée, et diminua d'autant la bonne opinion que j'avais d'abord prise de la dévote.

Cependant je continuais d'aller chez cette dernière, qui paraissait prendre à mon salut l'intérêt le plus vif. Elle avait une trentaine d'années; j'en avais quinze. Chaque jour lui rendait de son embonpoint et de sa fraîcheur. Elle me prêchait avec un ton si persuasif ! Son regard était si pieux ! le son de sa voix si angélique ! Je trouvais tant de plaisir à contempler sa croix de cristal, dont le ruban était d'une longueur si heureuse !... Mais je n'étais pas le seul qui rendisse des hommages à cette croix-là. Un jour, la Dame m'avait chargé d'arranger sa bibliothèque. J'y étais, depuis long-tems, occupé à lire une espèce de roman mystique. Elle m'avait apparemment oublié, lorsque l'Abbé vint lui rendre visite. Ce qu'ils se dirent paraissait intéressant : mais ils parlaient bas, j'étais un peu éloigné ; je ne pouvais que voir au travers d'une porte vitrée ; et je vis qu'il baisait bien dévotement la croix que j'avais si souvent contemplée. Ses baisers étaient tellement multipliés, que la croix ne pouvait y suffire, et qu'ils se répandaient par-tout. L'œil caffard de l'Abbé, l'œil pieux de la dame, devinrent brillans. Le teint plombé de l'un s'anima ; la pâleur que l'autre avait conservée de sa maladie disparut. Leur dévotion alla jusqu'à l'extase, et je dus présumer que le Ciel s'était ouvert pour eux par anticipation.

Je vis ensuite la Dame venir vers le cabinet où j'étais ; j'ignore pourquoi. Il y avoit dans ce cabinet des livres, des sucreries, des liqueurs confortatives. Je n'eus que le tems de m'asseoir et de fermer les yeux, pour faire semblant de dormir, persuadé qu'un profane s'attire toujours

l'indignation

l'indignation des initiés, quand il pénètre leurs mystères.

La dame se retira tout de suite sur la pointe du pied, fermant la porte tout doucement. L'Abbé s'en alla de même avec précaution. Quelques instans après, la dame vint m'éveiller; mais elle lut, je crois, dans mes yeux qu'ils n'avaient pas toujours été fermés.

Le même jour, elle partit pour la campagne. Quelques jours après, on déménagea son appartement; j'observai même que l'on ne se servit pas des voituriers du quartier, sans doute pour dépayser les curieux.

CHAPITRE XII.

LA LECTURE.

MA bonne santé allait en augmentant, ma bourse en diminuant, je commençais à m'inquiéter. La mère Simplet se souvint d'un homme qui écrivait les plus belles choses sur la bienfaisance. En allant vendre son fil, et les bas tricotés par Justine, elle en avait entendu parler au marchand, qui raffolait des écrits de cet Auteur. Je me trouvai même un jour, avec elle, à la lecture d'un passage qui faisait pleurer le mari, la femme, les enfans; pour ma bonne mère, elle était si attendrie, qu'elle fut tentée d'en vouloir à un mendiant qui vint interrompre la lecture, et dont le marchand ne put se défaire, parce que l'un espérait vaincre la dureté par l'importunité, et que l'autre espérait triompher de l'importunité par la dureté.

Si la vente de ma bonne mère eût été faite, la lecture n'aurait été interrompue que le tems qu'il aurait fallu à sa main pour aller de sa poche au reste de chapeau que tendait ce pauvre homme. Pour moi, il me restait si peu de chose ! et j'espérais toujours que le marchand qui était riche, et que la lecture avait fait pleurer, finirait par donner, lorsqu'au contraire, poussant ce malheureux par les épaules : « Laissez-nous », lui dit-il très-

durement , « est-ce-là l'heure de
» venir importuner » ?

--- « Ta montre » , dis-je en moi-même » , n'est pas d'accord avec celle
» de Bernard. La sienne marque toujours le moment de la bienfaisance.
» Oh ! bon Bernard ! mon cœur ne
» cessera jamais d'être d'accord avec
» elle , et quelque peu qui me reste ,
» ce pauvre homme n'aura pas en
» vain sollicité ma pitié ».

CHAPITRE XIII.

M. AGATHOGRAPHE.

IL n'avait sûrement pas une montre meilleure que celle du marchand, cet auteur d'écrits sur la bienfaisance, chez lequel la mère Simplet me conduisit. Ses sourcils rapprochés par l'habitude de la mauvaise humeur, son regard repoussant, tout son air m'intimida à un point ! . . . Le ton sec dont il nous demanda ce que nous voulions, n'était pas propre à me rassurer. Si j'avais été seul, il aurait bientôt su que ce que j'aurais voulu eût été de m'en aller plus vîte que je n'étais venu ; mais ma bonne mère prit sur elle de lui raconter mon histoire. Le desir de l'intéresser en ma faveur la rendit un peu bavarde : cependant l'attention qu'il lui prêta fut dans une telle proportion, qu'il aurait fallu qu'elle en eût dit encore davantage, pour qu'à la fin il en eût entendu assez.

« Qu'est-ce que tout cela me fait » ? dit-il, quand elle eut cessé de parler. --- « Monsieur, c'est votre ouvrage » que je viens d'entendre lire. . . . . » qui m'a inspiré la confiance, l'es- - pérance..... (Son front se déridant un peu : --- « Ah ! ah ! Eh bien ! » qu'en avez-vous entendu dire ? --- » Rien, Monsieur ». (Son front re- » prenant son premier caractère : « Comment, rien ? C'était donc chez

» quelque sot ? --- Je ne sais pas, » Monsieur. C'est dans une maison » où cela nous a tous fait pleurer.--- » A la bonne heure ». (En s'épanouissant autant que sa figure le permettait :) « Que ne disiez-vous cela » tout de suite? Je savais bien, moi... » S'il y avait beaucoup d'ouvrages » comme celui-là, on pourrait en » espérer l'amélioration de la génération présente ».

--- « Dieu le veuille », dis-je tout bas : « mais le pauvre de tantôt n'y a » encore rien gagné ; et moi, je » n'y gagnerai sûrement pas davantage ».

Grace à l'amour-propre, je me trompais. Le portrait de ma situation n'avait donné que de l'humeur «

la flatterie de la mère Simplet attaqua la fibre sensible.

Il me demanda si j'étais en état de copier. Sur ma réponse affirmative, il me donna tout de suite un de ses manuscrits à transcrire. Il est vrai que ce fut à un prix auquel il aurait été impossible de trouver un autre que moi. N'importe, la crainte du besoin, le desir de n'être plus à charge à ma bonne mère.... J'acceptai avec joie.

Dès que nous fûmes rentrés, j'ajustai un vieux volet. A l'aide d'une chaise et de quelques cordes pour le porter d'un côté, et moyennant l'appui de la fenêtre pour le soutenir de l'autre, me voilà avec un bureau, copiant du matin au soir des ouvrages dans lesquels la bienfaisance se montrait sous toutes les formes imaginables. La cause des malheureux y était défendue avec une énergie ! . . . Les bienfaits du riche étaient sollicités pour eux avec une chaleur !.. Souvent des sorties foudroyantes contre ces êtres insensibles , qui voient sans émotion les larmes du besoin. Quelquefois des tableaux enchanteurs du plaisir que l'on goûte à soulager l'infortune. . . .

Tout en écrivant ces belles choses, je gagnais à peine de quoi soutenir bien chétivement mon existence ; tandis que celui qui les prêchait vivait dans l'abondance , grace à plusieurs pensions qui lui avaient été données par des personnes vraiment sensibles et persuadées sans doute que l'enrichir, c'était le mettre à même d'exercer cette bienfaisance qui lui semblait si chère.

CHAPITRE XIV.

LES DEUX AUTEURS.

UN jour que je sortais de chez M. Agathographe, ayant sous mon bras un assez gros paquet de manuscrits, je rencontrai au bas de l'escalier, un jeune homme mis simplement, même avec une certaine mesquinerie, mais dont il diminuait l'effet par le peu d'attention qu'il paraissait y faire; car l'air humilié de l'homme mal vêtu double le tort de ses habits.

« Voilà, dit-il, en regardant mon » paquet, une belle provision de bien» faisance. --- Oui, ici », lui répondis-je, en montrant les papiers ; puis lui faisant remarquer mon vêtement délabré : --- « Mais vous voyez bien » que cela ne s'étend pas au-delà ». Cette réponse amena une conversation sur le peu que l'on me donnoit pour mon travail, sur l'espèce d'homme qui m'employait, etc. etc. La conversation fut suivie d'une liaison, qui bientôt devint assez intime.

Le jeune homme était auteur comme M. Agathographe, et habitait dans la même maison ; mais ils ne se ressemblaient qu'en cela.

L'un logeait au quatrième étage ; l'autre au premier.

M. Agathographe avait un appartement superbe ; grand feu l'hiver, des persiennes l'été ; enfin toutes

les

les commodités de la vie. Le logement du jeune homme se bornait à une petite chambre, dans laquelle il avait toujours pour compagnon, l'un des trente-deux vents. Une pile de brochures entassées sans ordre, parodiait la superbe bibliothèque de M. Agathographe ; et, pour parodier aussi son grand laquais, le jeune homme avait, suivant son expression, un jokei à deux sous par jour. C'étair un savoyard qui, moyennant cette petite rétribution, venait, tous les matins, prendre ses ordres plus ponctuellement, qu'un coureur ou un chasseur payé fort cher ne vient prendre ceux de son maître.

Mais si, dans tout ce que donne la fortune, l'avantage était du côté de M. Agathographe, le jeune homme le regagnait bien sur le reste.

La véritable insouciance philosophique, au lieu du tracas continuel des cabales.

Une liberté entière dans ses actions comme dans ses écrits, au lieu de sacrifices à faire aux gens à encenser.

Un cœur excellent, sans affiche de bienfaisance, valant bien mieux pour lui, pour les autres, que tout ce jargon d'humanité auquel le cœur de M. Agathographe ne participait point. Aussi l'humeur de l'un était-elle constamment gaie, tandis que celle de l'autre avait toujours cette teinte sombre que donne le mécontentement de la conscience.

Celui-ci, toujours occupé de fortune et de réputation, n'écrivait que dans l'avenir, et consumait sa vie à échafauder des volumes, pour arriver à la célébrité. Celui-là, aussi peu empressé de s'enrichir que de se faire un nom, n'écrivant que par l'impulsion du plaisir qu'il y trouvait, laissait couler de sa plume des bagatelles qu'il envoyait courir le monde, comme des enfans perdus. Par conséquent point de prôneurs, mais point de détracteurs.

Enfin, M. Agathographe, qui avait des sens, mais que ses écrits obligeaient à une espèce d'hypocrisie, brûlait tristement son encens aux pieds d'une bégueule surannée, tandis que le jeune homme cueillait gaîment, franchement, avec une grisette charmante, les roses printannières du plaisir.

Quoique nous ayions été très-liés, je n'ai jamais connu sa fortune. Le plus souvent il avait fort peu d'argent, quelquefois un peu plus, d'autre fois point du tout. Je le savais même très-exactement, parce que pendant le peu de tems que je l'ai fréquenté, dès qu'il était en argent, il venait toujours me chercher pour aller dîner avec lui, ici ou la, suivant la hausse ou la baisse de ses fonds.

Tantôt chez les restaurateurs. Cette taciturnité anglaise, qui va si mal aux Français. . . . . l'ennui venait gâter tous les mets.

Tantôt aux tables d'hôtes d'un bon prix. Des politiques assommans, des frondeurs atrabilaires, des discoureurs intarrissables, de vieux habitués malhonnêtes en proportion de leur ancienneté..... Nous en sortions mécontens du diner et des dîneurs.

Le plus souvent à de moindres tables. Un bruit ! une grossièreté !..... Nous nous dépêchions.

Enfin nous découvrîmes un traiteur chez lequel se réunissaient beaucoup de jeunes artistes.

CHAPITRE XV.

LES JEUNES ARTISTES.

S'IL y a au monde une classe gaie, c'est celle-là. Espiègles comme des écoliers, parce qu'ils sont encore assez jeunes; plus ingénieux dans leurs espiégleries, parce qu'à l'avantage de pouvoir de même réunir la malice de plusieurs, ils joignent celui d'être un peu plus âgés, et de s'occuper d'un genre de travail qui, exigeant de l'imagination, rend leur cerveau plus capable de fermenter; on les voit aller avec empressement à leurs ateliers, parce qu'ils espèrent y trouver le plaisir à côté de l'étude; y travailler gaîment, parce qu'ils ne sont pas, comme ces pauvres écoliers, sous la ridicule et barbare férule du pédantisme ; en revenir plus gaîment encore, parce que les dispositions joyeuses de chacun se sont accrues par celles de tous les autres, et que de ce concours il s'est formé le tout le plus gai, dont chacun emporte encore sa part, quand on se quitte. Concurrens sans être rivaux, de l'émulation sans envie, des efforts pour se surpasser réciproquement, mais point de cabales pour se nuire : des critiques folles, des caricatures qui amusent, au lieu de ces satyres amères qui déchirent celui qui en est l'objet, annoncent dans l'auteur un cœur flétri, et n'amusent que les méchans.

CHAPITRE XVI.

LES CHARLATANS.

A PEINE commençais-je à connaître cette intéressante classe de jeunes gens, que je fus obligé de la perdre de vue. Mon ami fut appelé en province par un oncle très-riche, dont il n'avait jamais pu obtenir le plus léger secours; mais qui, sentant sa fin approcher, n'ayant que lui d'héritier, et ne pouvant emporter sa fortune, voulait au moins avoir l'air de la lui laisser de bonne grace.

« Vous voyez », me dit-il en recevant cette nouvelle, « encore un » charlatan ».

Cette remarque faisait suite à des observations précédentes.

Je l'avais trouvé s'amusant à regarder un escamoteur qui, après ses tours de passe-passe, vendait de l'orviétan, auquel, à l'entendre, la mort même ne résistait pas. -- « Comment !
» vous vous amusez à écouter un char-
» latan ! -- Ma foi ! celui-ci n'a que
» le tort d'être sur le pavé, au lieu
» d'être dans un bel appartement ;
» d'opérer devant le peuple en sa-
» bots, au lieu d'opérer devant le
» peuple à talons rouges. Vous voyez
» ces imprimés qu'il distribue. Eh
» bien ! je vais vous en montrer le
» pendant.... ». Il avait sorti de sa poche un prospectus bien emphatique, contenant les plus belles pro-

messes du monde, dont pas une n'avait été tenue. Il y avait joint l'annonce d'un cours public, auquel il m'avait conduit sur-le-champ. Un homme, qui se démenait beaucoup, délayant sa matiére pour remplir la séance, entortillant ses phrases, et les surchargeant d'un jargon technique, pour masquer son aridité, étonnant ainsi quelques petites maitresses et quelques élégans, dont l'attention ne se fixait que par intervalles sur des choses devenues ridicules à force d'être mises à leur portée, de manière qu'au total l'un avait beaucoup parlé, et dit bien peu, les autres beaucoup entendu, et rien appris. -- « Eh bien », m'avait-il dit en sortant, « vous le voyez : pas d'autre diffé-

» rence que du pavé à la chambre.
» On va parler du démonstrateur
» dans les salons, de l'escamoteur
» dans les greniers... Tenez ; voyez-
» vous cet homme plier sous le poids
» d'une masse de papier imprimé ?
» C'est le nouvel ouvrage du docteur
» Néothême. Esculape lui-même se
» croirait un sot en le lisant. Eh bien !
» le Docteur en équipage guérit
» comme le chalatan à pied. La seule
» différence, c'est qu'il fait de plus
» grosses dupes.... Cette quantité de
» voitures qui embarrassent la rue,
» c'est qu'il y a chez le Comte de N.
» lecture de la pièce de M. R. que
» l'on va représenter incessamment
» aux Français. Le Comte se donne
» l'air d'un Mécène, et fera le com-

» père à la représentation. L'auteur
» s'assure une cabale, parce qu'ici
» l'on va admirer, et que l'amour-
» propre impose la loi de soutenir
» envers et contre tous, ce qu'il a
» applaudi une fois. . . Je crois que
» M. R. n'est pas moins charlatan
» que les autres.

» Et, en parlant de pièces de
» théâtre, combien y en a-t-il à pré-
» sent qui sont un pur charlatanisme,
» et dont les machines font tout le
» succès ! Un jour on conduisait à
» l'une de ces pièces modernes un
» sourd et un aveugle. *Ah! que c'est*
» *beau !* disait celui qui n'avait rien
» entendu. *Ah ! que c'est bête !* di-
» sait celui qui avait entendu sans
» voir.

» Et la manie de ces persécutions » qui, le plus souvent, n'existent pas » même dans la tête de celui qui pré- » tend en être l'objet, mais qui ren- » dent intéressant.

» Et ces discussions littéraires ou » savantes, dans lesquelles on se jette » à corps perdu, sans intérêt pour la » chose, mais afin de fixer l'attention » sur soi.

» Et . . . .

. . . .

. . . .

. . . .

» Enfin, cette lettre de mon oncle, » croyez - vous que ce soit un accès » de tendresse pour moi? Point du » tout: c'est un calcul. Il aime mieux » avoir auprès de lui un neveu qui le

» soignera, que d'autres collatéraux
» qui le ruineront : et, puisqu'il n'a
» pu être aimé, il veut au moins être
» regretté : cela lui rendra le passage
» moins pénible. Pour moi, j'y per-
» drai peut-être. Je suis bien à pré-
» sent, et je vais m'exposer à fournir
» une nouvelle preuve

» Que le mieux fort souvent est l'ennemi
du bien.

Il s'est trouvé n'avoir prédit que trop vrai. La succession de l'oncle l'a engagé dans des procès, dont jamais il ne verra la fin, et qui ont entièrement changé son humeur.

J'avais continué de copier les œuvres philantropiques de M. Agathographe. Quand mon jeune auteur m'avait fait perdre une partie de la journée, je la retrouvais aux dépens de la nuit. Lorsqu'il fut parti, je repris mon travail avec assiduité; et, en le forçant, je vivais assez passablement. J'étais même assez content, lorsque la mère Simplet vint à tomber malade. J'avais trouvé en elle les bontés d'une mère; je lui rendis tous les soins du fils le plus tendre. Justine me secondait, autant qu'il lui était possible; mais sa marraine, qui savait que Justine aurait été bientôt plus malade qu'elle, si elle avait changé sa marche, ne lui permit de la soigner que le matin et le soir. Cela me força de suspendre mes copies, et me brouilla avec mon prêcheur de bienfaisance, parce qu'il lui importait peu que *cette vieille* fût malade ou non, et qu'il était *fort désagréable* de voir ainsi l'impression de son ouvrage retardée par ma faute.

CHAPITRE XVII.

LE BON PRÊTRE.

MA bonne mère allait mieux ; cela me consola : mais la suspension de son travail, la cessation du mien, nous mirent bientôt dans la plus grande détresse. Nous en étions à notre dernier pain de quatre livres, lorsque Justine rentra, le soir, accompagnée d'un Ecclésiastique, dont le vêtement délabré annonçait la misère, mais dont l'air inspirait le respect.

Dès que la mère Simplet l'apperçut : -- « Eh ! mon Dieu ! c'est notre » ancien Vicaire ! c'est M. Francir » !

(Ils s'embrassèrent bien cordialement.) -- « Par quel hasard, par quel » bonheur vous v'là-t-il donc ici ? A » propos, que je vous fasse compliment. On m'a dit que vous aviez la » cure du village. --- Je l'ai eu, ma » pauvre Simplet ! mais je ne l'ai plus ; » je n'ai plus rien. -- Comment donc » cela ? -- On m'a disputé ma nomination : il a fallu céder. On n'a pas » même voulu me rendre ma place de » Vicaire, et il m'a fallu quitter ces » braves gens, que j'aimais comme s'ils » eussent été mes enfans ». Une larme vint sur sa paupière. La mère Simplet prit son mouchoir, l'essuya.... --- « C'est à eux de pleurer : ils ont perdu » un vrai père. Eh ! que faites-vous à » présent ? -- Je cherche à me placer

» d'une manière quelconque ; car je
» ne possède rien. -- Pardi ! comment
» auriez-vous pu amasser quelque
» chose ? Tout ce que vous aviez ap-
» partenait aux pauvres du village !
» Mais est-ce que vous n'avez pas au
» moins quelque petite pension ?---
» Rien du tout, ma pauvre Simplet,
» rien ; et, s'il n'y avait pas une Pro-
» vidence, dont les bontés me rassu-
» rent, je serais à l'instant de mourir
» de faim. -- Mon bon Dieu ! qu'est-
» ce que j'apprends-là ? Et encore
» moi qui, dans ce moment.... Mais
» ça ne fait rien. Partageons toujours
» ce qui me reste. Demain, je me re-
» mettrai à l'ouvrage, et Dieu pour-
» voira à tout ». En même tems, elle
alla chercher le pain. -- « Je suis en-

» core le plus riche » , dit le bon prêtre en souriant ; « ainsi c'est à moi » d'offrir : voilà quatre livres douze » sous qui me restent. Economisons- » les , et laissons à la Providence le » soin de l'avenir. -- Non , mon bon » Pasteur , je ne souffrirai jamais..... » -- Quoi donc ! est-ce que ma bonne » amie Simplet ne m'aimerait plus ? » --- Oh ! mon Dieu ! tout au con- » traire. -- Prouvez-le moi donc , ma » chère Simplet. . . ». Il n'y eut pas moyen de résister ; et ses quatre liv. douze sous , joints au produit de ses messes , nous sustentèrent tous pendant une douzaine de jours.

Au bout de ce tems, nous reçûmes, au moment où nous l'attendions lui-même , une lettre par laquelle il nous mandait qu'il n'avait que le tems de nous informer de son départ pour la campagne, où il comptait rester deux jours. Il y allait avec quelque espérance, et nous exhortait à ne pas nous décourager, parce que la Providence veillait sur ses moindres créatures. Il joignait à ses exhortations, le produit de sa messe du jour.

Ce faible secours fut bientôt consommé. Le bon Prêtre resta trois fois plus de tems qu'il ne l'avait annoncé; la santé de ma bonne mère ne lui avait pas permis de se remettre à son rouet, comme elle l'avait espéré; Justine n'avait plus d'ouvrage à vendre. Nous nous trouvâmes de nouveau dans une si grande détresse, que la montre de Bernard devenait notre unique ressource.

CHAPITRE XVIII.

LES DEUX RENCONTRES.

CE fut alors seulement que le désespoir s'empara de moi. J'aurais donné de mon sang plutôt que de me séparer de cette chère montre. Cependant ma bonne mère Simplet, encore malade, manquait de tout : l'intéressante Justine..... moi-même je sentais l'aiguillon de la faim. . . . Je sortis pour réfléchir, et probablement pour me décider. Je me trouvai, sans y penser, sous les arbres du Cours. Je fus tiré de l'espèce d'anéantissement où j'étais, par le bruit de deux chaînes de montre chargées de breloques. Je reconnus dans le jeune homme qui les portait, un de mes anciens condisciples. Un mouvement d'habitude me fit ôter mon chapeau. « Qui est-ce donc qui vous » salue-là », dit une Dame qui était avec lui. La réponse à cette question fut un « Ma foi, je n'en sais rien » ; et la réponse à mon salut fut un de ces signes de chapeau qui, avec le haussement d'épaules dont ils sont accompagnés, veulent dire que l'on ne fait qu'obéir à l'usage, suivant lequel tout salut doit être rendu. Il y ajouta un certain regard qui disait très-expressivement : « Nous avons » pu être camarades, mais il y a plus » de deux ans ; et, depuis ce tems, » les choses sont bien changées ».

Sûrement elles l'étaient beaucoup. Ce même jeune homme était du nombre de ceux dont les parens se gênent pour leur donner une éducation ; et j'avais, dans bien des parties de plaisir, suppléé à la modicité de sa bourse. Mais il avait une sœur si jolie ! une mère si peu scrupuleuse !

C'étaient deux semestriers qui, le havresac sur le dos, le sabre sous le bras,

bras, cheminaient en chantant ce joyeux refrain.

L'un d'eux s'arrête, m'envisage, et s'élançant tout-à-coup dans mes bras : « Eh ! c'est Monsieur Blançay » ! Quelle fut ma surprise, ma joie, en reconnaissant le bon Bernard !

Elles sont toujours bien vives, bien délicieuses les sensations que l'on éprouve en retrouvant l'homme généreux dont on connaît par expérience la délicate bonté ! Mais, dans la position où je me trouvais, au comble de la détresse, le cœur froissé d'une humiliation toute récente, se trouver tout-à-coup dans les bras d'un être bienfaisant ! .... Non, il n'y a point de mots pour rendre une situation pareille. Je pressais Bernard contre mon sein ; je l'étreignais dans mes bras. Je voulais parler ; point d'expressions. Je voulais le regarder ; les larmes trop abondantes ne me le permettaient pas. Je pris sa montre ; je la plaçai sur mon cœur, et après un long silence : -- « Depuis trois jours, » je manque de tout, absolument de » tout ; et je ne m'en suis pas défait. » Je l'ai conservée. . . . -- J'espère » que ce n'est pas pour me la rendre », reprit vivement Bernard. -- « Je n'y » pensais pas », lui répondis-je. » Plutôt que de m'en défaire, j'avais » résisté à tous les besoins, parce » que le premier pour moi était de la » garder ».

Bernard s'élança de nouveau dans mes bras.

CHAPITRE XIX.

LE COMBAT.

« EH ! dis donc, dis donc » ; lui cria son camarade, « est-ce que c'est ta » maîtresse que tu rencontres-là, sous » des habits d'homme ? En tout cas, » le déguisement n'est pas galant. » Elle est bien mal entretenue, ton » amazone ! ».

-- « Sans-Regret », dit Bernard, » vas-tu commencer tes mauvaises » plaisanteries ? Tu es toujours le » même quand tu as bu ».

-- « Ah ! tu te fâches ! Est-ce que » j'aurais deviné ? Est-ce que Monsieur » serait Mademoiselle ? Tiens, depuis

» not'Sans-Souci, que tout le Régi-
» ment a pris si long-tems pour un
» homme, excepté not'Sergent, je
» crois voir des femmes par-tout.
» Allons, dis-moi tout franchement
» ce qu'il en est ».

-- « Je ne te répondrai pas », lui dit Bernard, « le vin de la dernière
» halte ne te permettrait pas de m'en-
» tendre ».

-- « Qu'appelles-tu, le vin ?... Tu
» ne me répondras pas !... Il con-
» vient bien à un des plus jeunes du
» régiment,... à un blanc bec ».

Le mot n'était pas fini, que les deux épées étaient tirées ; et j'eus à peine le tems de m'en appercevoir, que Sans-Regret avoit déja reçu un coup à la main.

CHAPITRE XX.

LE RACCOMMODEMENT.

» En as-tu assez » ? lui dit Bernard.

-- « Et toi » ?

-- « Moi ! ma foi, c'est parce que » tu l'as voulu ».

-- Je n'ai que ce que j'ai cherché. » Embrassons-nous ; et allons faire la » paix. Amène ton ami, mâle ou fe-» melle ; c'est moi qui régale » :

-- « J'y consens ; mais à condition » que tu seras sobre ».

-- « Je te réponds de me contenter » d'un demi-setier ».

-- « Allons donc ».

Ce que je venais d'entendre m'avait surpris à un point que je ne saurais dire. La rapidité avec laquelle j'avais vu la querelle s'élever, le combat se livrer, le raccommodement se faire, tout cela étoit si nouveau pour moi, me paraissait si extraordinaire, que j'étais resté là, comme un terme, doutant si je veillais.

« Allons donc, not'camarade », me dit Sans-Regret. « Ah ça, point de » rancune. Je suis comme ça moi, » un mauvais chien, quand j'ai bu : » mais au fond, je suis bon comme » une munition. Demandez à Bernard. » V'là déja six coups d'épée qu'il me » donne, et j'avais toujours tort. » Mais c'est égal ; on est comme ça, » que voulez-vous y faire » ?

Nous étions déja dans un des cabarets des Champs-Elisées. Bernard avait demandé de l'eau-de-vie pour panser la main de Sans-Regret, qui, alléché par l'odeur de la liqueur, voulait absolument la boire. Tantôt il s'emparait de la compresse, tantôt il escamotait le veire. C'était la caricature de Tantale au milieu des eaux. Enfin sa main fut pansée ; mais il fut long-tems à la regarder, à la flairer. « Sarpebleu ! dit-il, si pareille chose » m'était arrivée à mon entrée au » régiment, mon nom de guerre ne » serait pas Sans-Regret ; car j'en au- » rais eu diablement qu'une liqueur » aussi précieuse eût été bue comme » ça par des chiffons ».

On nous servit. Bernard me raconta

qu'au sortir du Collége il était allé s'engager ; que l'amitié de ses camarades et les bontés de ses officiers lui rendaient son sort assez agréable....

« Cela est vrai », dit Sans-Regret. » Jamais il ne cherche, mais on le » trouve toujours. Il donne un coup » de lame comme un coup de cha- » peau ; boit noblement, sans jamais » se griser, et gagne de l'argent » comme un maltôtier. Nous sommes » dans une petite ville de Champagne » où ils sont tous si bêtes ! Ce n'est » pas qu'ils auraient de l'esprit, que » ce luron-là leur en remontrerait en- » core, da : mais c'est égal ; c'est tou- » jours plus commode. Il leur en- » seigne le latin, l'ostographe, la » jogrefie, que sais-je moi ! Tant y

» a qu'y gagne plus d'écus que je ne » bois de bouteilles de vin. A ta » santé, camarade ».

Bernard me pria de lui racconter mon histoire. Je n'allai pas loin sans être interrompu par les exclamations de Sans-Regret contre les Religieux qui m'avaient si durement chassé de chez eux.-- « Les maudits pénaillons! disait-il, « Ne mettra-t-on jamais le » régiment à discrétion dans quel- » qu'un de leurs Couvens ? Comme » je vous menerais tous ces soldats de » Saint-Ignace » !

Lorsque j'en fus à l'anecdote du Prédicateur ? -- « Et vous n'avez pas » dit à ce gueux-là qu'il était un.... -- « Laisse-le donc parler », lui dit Bernard. Il me laissa aller jusqu'à

l'histoire de la vieille. -- « Bravo !
» bravo ! où est-elle cette bonne
» sempiternelle ? que je l'embrasse.
» C'est ça une femme respectable » !

Mais lorsque j'en fus à la montre de Bernard trouvée dans ma poche, voilà Sans-Regret qui, se jetant au travers de la table pour lui sauter au cou : « -- Sarpebleu ! mon ami, je
» savais bien que t'avais un bon
» cœur, un cœur de Roi ; mais v'là
» qui passe encore tout ce que j'en
» croyais. Tiens, si t'avais une grande
» mère, je dirais qu't'es le petit-fils
» de la bonne sempiternelle. Vos deux
» cœurs ont été fondus dans le même
» moule, et malheureusement gn'y
» en a guères de ces moules-là ; mais
» c'est égal. Buvons à ta santé, à la

» sienne. . . . Eh ! mais, dis-donc ;
» il n'y a plus rien dans mon demi-
» setier. -- Eh bien ! tu ne boiras
» plus. -- Allons, camarade, défais
» toi seulement d'un demi-verre en
» ma faveur. -- Pas seulement d'une
» goutte. -- Tu es bien terrible : mais
» faut en passer par où tu veux. Après
» tout ce que je viens d'entendre,
» je te respecte trop pour ne pas
» t'obéir ».

CHAPITRE XXI.

NOUVEAU BIENFAIT DE BERNARD.

ENFIN j'achevai mon histoire. Le tableau des trois derniers jours passés dans la plus affreuse détresse serra le cœur du bon Bernard. Il tenait une de mes mains qu'il pressait dans les siennes, me regardait avec l'air d'avoir une grace à me demander et de craindre un refus. « Mon cher ami !
» mon cher camarade ! Vous venez
» d'entendre que j'ai gagné beaucoup
» d'argent à la garnison. J'en ai bien
» plus qu'il ne m'en faut. . . . . . . --
» Bien ! bien » ! dit Sans-Regret.
» Comment !

» Comment » ! (en me regardant), » je crois que vous balancez ? Mort » de ma vie ! si vous lui faisiez l'af- » front de refuser !. . jeune homme, » quand des gens comme Bernard » veulent quelque chose, il n'y a » pas à répliquer ». Celui-ci tenait sa bourse à la main. Sans-Regret s'en empare. --- « Allons, camarade ; » comment veux-tu partager? --- Par » moitié », dit-il. --- « Au moins », repris-je, « souffrez que je modère... » --- Paix, jeune homme, Bernard l'a » dit. N'a-t-il donc pas cette garnison » de Champagne, qui est sa vache » à lait ? Et puis, il est tout seul, » lui; au lieu que vous avez cette pau- » vre Justine et cette bonne vieille.... » Tenez ; je me reproche que nous

» vous ayions retenu si long-tems.
» Courez vîte les consoler, et revenez
» nous voir. . . . C'est que jé n'sais
» pas encore où nous logerons : mais
» c'est égal. Revenez ici demain à
» pareille heure. C'est moi qui régale.
» Allons, c'est dit. Bon soir ».

Il ne me donna que le tems d'embrasser Bernard. Il me prit par la main, me la secoua si rudement, qu'il manqua de perdre l'équilibre; puis, me mettant tout franchement à la porte : --- « Au revoir, jeune
» homme; et dites à la bonne sempi-
» ternelle, que Sans-Regret l'aime de
» toute son ame ».

Je m'arrachai d'auprès de Bernard avec bien de la peine : mais, quand je l'eus une fois quitté, je ne fis qu'une course jusque chez ma bonne mère. J'arrivai avec un pain, des provisions. « -- C'est Bernard! je l'ai rencontré... » C'est lui! . . . ma chère, ma bonne » mère! mangez vîte. . . . Non, non, » doucement, au contraire, pour que » cela ne vous fasse pas de mal. . . . » Buvez d'abord; et vous, ma chère » Justine, tenez ».

Elles étaient toutes deux immobiles sur leurs chaises, tenant les deux verres que je leur avais donnés.

Enfin, quand elles furent revenues de leur étonnement, quand je fus assez tranquille pour m'exprimer avec suite, je leur racontai ce qui m'était arrivé. La mère Simplet m'interrompait à chaque instant par des -- « Mon » Dieu! le brave garçon! . . . . L'ex-

» cellent cœur!... Ce bon Bernard!... » Je voudrais bien le voir, l'embrasser..... Oh! il aura toujours sa » part dans mes prières!.... Oui, » je prierai bien qu'il ne se batte » plus..... Ces militaires, comme » c'est terrible!.... Car ce Sans-Regret, il est bon à sa manière.... » Eh bien! il s'exposait pourtant à » tuer Bernard...... Je ne sais en » vérité pas comment le bon Dieu » permet qu'il y ait des soldats et des » ivrognes.... C'est que ce vin, ça » vous monte à la tête!.... ».

Il entrait bien pour quelque chose dans tout ce bavardage. Après une longue diette, la tête de la mère Simplet s'était prise aisément. Cependant cela ne l'empêcha pas de se souvenir du bon Prêtre Francir ; et nous regrettâmes tous bien vivement qu'il ne fût pas-là pour partager avec lui. Il vint le lendemain à la pointe du jour. Il entra d'un air tout rayonnant de joie : « Eh bien ! mes amis, n'avais-je pas » raison de dire que le ciel pourvoit » toujours à tout ? J'ai une chapelle » de château à desservir pour le reste » de la belle saison. Je me suis fait » donner d'avance une partie de ce » que l'on m'a promis, et je viens » partager avec vous ».

En disant cela, il nous offrait deux écus de six livres.

Je lui montrai nos provisions, l'argent que Bernard m'avait donné. Ce bon Prêtre fit bien autant d'exclamations que la mère Simplet. Il n'était pas moins empressé qu'elle de connaître Bernard ; mais il fallait qu'il retournât tout de suite au château, d'où il ne s'était échappé que pour nous apporter ces deux écus. Ce brave homme avait marché, toute la nuit, par une pluie affreuse. L'activité de la bienfaisance ne lui avait permis de calculer ni la distance ni la fatigue.

CHAPITRE XXII.

LA GRAND'MÈRE.

L'APRÈS-MIDI, je fus exact au rendez-vous que Sans-Regret m'avait donné. Je l'y trouvai ayant déja le verre en main. Bernard se fit attendre ; et nous commencions à nous impatienter, lorsqu'il arriva tout essoufflé, nous donnant pour raison de son retard, qu'il venait de retrouver sa grand'mère. . . . . « A l'autre », dit Sans-Regret : « à cause de c'que j'ai » dit hier, vlà qu'il va nous en craquer une. Est-ce qu'une grand'mère » se trouve comm'ça comme un ac- » cident ? Est-ce que t'as écrit sur

» le front que t'es le petit-fils de
» celle-ci plutôt que de celle-là?

--- « Non pas sur le front », dit Bernard; « mais ces trois lentilles sous » l'oreille, cet autre signe sur la poi- » trine. . . . . Ecoutez-moi. J'entre » dans une boutique pour acheter du » tabac : une vieille femme y était; » je la regarde : je lui trouve une » physionomie qui inspirait le respect » et annonçait la bonté. Je la fixe avec » intérêt. Elle me fixe de même. Elle » apperçoit les trois lentilles. -- *Par-* » *don, mon cher Monsieur..... mais* » *auriez-vous encore quelques signes* » *sur le corps?* --- *Oui, Madame.* » --- *Sur la poitrine?* --- *Oui,* » *Madame.* --- *Une groseille?* --- » *Précisément.* --- *Oh! mon Dieu*

» *mon Sauveur ! serait-il possible ?*
» *Avez-vous encore vos parens ?* ---
» *Hélas ! ma chère dame, quand je*
» *les ai perdus, j'étais bien jeune.*
» *Je me souviens seulement que le feu*
» *prit à notre maison, que j'en fus*
» *enlevé je ne sais comment, et que,*
» *quelques mois après, l'inconnu qui*
» *m'avait sauvé la vie, m'a placé dans*
» *un collège, où je n'ai plus entendu*
» *parler de lui.*

» Je n'avais pas encore fini, qu'elle
» m'avait déja donné je ne sais com-
» bien de baisers, en me nommant son
» cher fils.

--- » Ma foi », dit Sans-Regret,
» sais-tu bien que tu me persuades !
» Et pourquoi ne l'avoir pas amenée ?
» C'est un affront que tu me fais,

» puisque c'est moi. . . . . Mais c'est
» égal. Qu'en as-tu fait de ta nou-
» velle grand-mère? que j'aille la
» chercher.

--- » Je l'ai laissée à la porte d'une
» Église, où elle est allée remercier
» le Ciel de m'avoir retrouvé.

--- » Eh bien! tiens, vlà qui nous
» fiche une bonne leçon. Profitons-en;
» et valons quelque chose au moins
» une fois dans la vie. Nous sommes
» dans ces troupes autant de chenapans
» qui reçoivent les bienfaits du Ciel,
» comme si de rien n'était. Mes amis,
» achevons ç'te bouteille-là; ensuite
» allons faire une petite faction dans
» la première Église qui se trouvera
» sur notre chemin; et puis nous
» ferons notre vrai goûter chez la

» grand'mère à Bernard. Vlà qu'est » dit, n'est-ce pas? »

Pendant tout ce bavardage de Sans-Regret, j'avais comparé le récit de Bernard avec ce que la bonne mère Simplet m'avait dit un jour du sort de sa famille. Je demande à Bernard le nom. . . . . . Quelle est notre joie, lorsque nous nous assurons que c'est cette même respectable femme à qui je dois la vie! C'était Sans-Regret qu'il était plaisant de voir, nous regardant, ne pouvant concevoir des hasards aussi singuliers. --- « Sarpe- » bleu »! dit-il, « si je n'étais pas » bien sûr que toute ma famille est » *ad patres*, je ne désespérerais pas » que cette bonne sempiternelle ne » fût quelqu'une de mes tantes. Je

» disais bien, hier, que Bernard était » digne d'être le petit-fils de ç'te » grand'mère-là. Mais partons ». Et nous partîmes...

CHAPITRE

CHAPITRE XXIII.

LA PRIÈRE.

A LA première Église, Sans-Regret ne manqua pas à ce qu'il avait promis. Nous entrâmes. En vérité, dans tout autre endroit, j'aurais ri de son air gauche.

Sa main toute entière baignée dans le bénitier ; son embarras, sa mine d'ivrogne à laquelle il tâchait de donner un air décent ; son œil de sacripan qu'il voulait forcer d'exprimer la contrition ; la roideur avec laquelle il se mit à genoux ; son sabre à plat sur le pavé, son chapeau par-dessus, ses mains jointes sur sa poitrine :

« Mon bon Dieu », dit-il à demi-voix, « je ne suis pas seulement digne » de te prier ; je suis un trop grand » vaurien pour çà, je le sais bien ; » et il faut que tu sois aussi bon que » tu l'es pour ne m'avoir pas encore » exterminé : mais c'est égal. Permets-» moi seulement de t'en remercier, » ainsi que du bonheur de Bernard.

» Camarade », en s'adressant à moi, « auriez-vous quelque livre d'*oremus* ? » car je n'en ai jamais su ».

En sortant, il apperçut un tronc pour les vieillards : il y mit toute sa monnaie. Nous fîmes comme lui. A la porte, une vieille femme, soutenue par des béquilles, étendit une main estropiée. « Vas trouver ton » Curé », lui dit Sans-Regret; « nous

» avons mis toute notre monnaie dans » le tronc. --- Hélas » ! répondit la femme. --- « Comment, hélas » ! reprit Sans-Regret. « Est-ce que cela » ne serait pas distribué en toute jus- » tice? Si je le croyais, je rentrerais » tout de suite pour ficher le tronc en » déroute. --- Il vaut mieux croire », lui dis-je, « que l'on n'y met pas assez. » --- A la bonne heure. Demain, je » repasserai par ici, et j'aurai de la » monnaie; entendez-vous, la bonne »?

CHAPITRE XXIV.

Faisant suite au vingt-deuxième.

Je ne peindrai pas la joie de la bonne mère Simplet, lorsqu'elle nous vit arriver ; et qu'elle sut que son petit-fils était ce même Bernard qui m'avait obligé si noblement. Elle courait de ses bras dans les miens ; elle nous nommait ses deux enfans.... --- « Et » moi donc », dit Sans-Regret, « est-» ce que je n'aurai pas ma part de » tout cela ? Allons, embrassez-moi » comme eux, car je veux être aussi » de la famille. Je sais bien que je ne » lui fais pas-là un grand cadeau ;

» mais c'est égal. Pour ce qui est du » bon cœur, je mérite d'en être, et » mille bombes m'écrasent plutôt..... (Il accompagna l'expression d'un grand coup de plat de sabre sur la table, qui fit trembler la mère Simplet.) « Ah ! pardon, ma bonne mère ; » mais, tenez, c'est que je jure d'vous » aimer toujours comme si j'étais votre » fils. Allons, notre mère, que j'vous » embrasse ; et dites-moi vîte où l'on » vend le meilleur vin du quartier ».

On le lui enseigna. Il y courut, et revint avec tout ce qu'il fallait pour une collation. A force de le surveiller, il fut assez sobre ; et, quand nous nous séparâmes, il avait encore sa raison.

Le soir, Justine rentra moins triste

qu'à l'ordinaire. --- « Je les ai vus » tous deux ; et pendant toute la jour- » née. --- Et moi, j'ai retrouvé mon » petit-fils. C'est ce même Bernard. » Il était encore là tout-à-l'heure. » Quand elle eut raconté l'anecdote en détail : --- « Hélas ! dit Justine, n'y » aura-t-il donc que moi ? . . . ». Elle en aurait dit davantage, si je n'avais pas été là. --- « Prends courage, mon » enfant », lui dit la mère Simplet. « Il ne faut jamais se défier de la bonté » du Ciel. Tu le vois, c'est au mo- » ment où l'on y compte le moins... »

CHAPITRE XXV.

JULIE.

Elle fut interrompue par quelqu'un qui frappa à la porte. C'était la femme de chambre d'une jeune personne qui avait remplacé la dévote dans son appartement. Julie, ainsi se nommait la maitresse, partageait la fortune d'un certain commandeur de Sermeuil. Cependant on aurait commis une injustice, en la classant parmi ce que l'on appelle ordinairement femmes entretenues.

Orpheline dans un âge assez tendre, son infortune avait touché M. de Sermeuil, et l'avait décidé à l'adopter.

Cette belle rose s'était épanouie sous ses yeux. Il aurait fallu être plus qu'un Stoïcien pour ne pas être tenté de la cueillir ; et les vœux qu'il avait prononcés ne lui laissaient pas la possibilité de se marier. Il avait résisté longtems : mais enfin. . . . .

Julie avait pris la recconnaissance pour un autre sentiment ; et la lecture de certains ouvrages l'ayant trop affranchie des préjugés, elle avait trouvé tout simple de faire le bonheur de l'homme à qui elle devait le sien. Il ne lui avait pas paru plus extraordinaire de partager sa fortune, parce qu'ayant en elle le germe de la bienfaisance, elle aurait partagé de même, si elle avait été la plus riche. Du reste, la conduite la plus décente, et la réunion d'une foule de bonnes qualités, qui garantissaient qu'elle n'aurait jamais été coupable, si elle s'était seulement doutée qu'elle le fût. Pour peu qu'on la connût, on était convaincu que ses torts n'étaient que ceux des circonstances, sur-tout de ces ouvrages prétendus philosophiques qui, en voulant extirper les préjugés utiles, ne mettent à leur place que des erreurs dangereuses, et qui, en décidant à braver l'opinion, égarent tous les jours une infinité d'êtres, que les qualités de leur cœur destinaient à la pratique des vertus. Mais, avant de connaître Julie, on la jugeait sur l'apparence; et la visite de sa femme de chambre nous trouva assez mal prévenus. La délicatesse de la mère Simplet en fut blessée. Justine était toute effarouchée. Cependant la mine ouverte de la soubrette les eût bientôt ramenées en sa faveur.

La mère Simplet ayant été forcée d'employer à des raccommodages, le jupon qu'elle mettait sous son rouet, le bruit qu'elle avait fait le matin, en reprenant son travail, avait incommodé Julie. Elle envoyait la prier de ne pas filer avant dix heures : mais, comme il n'était pas juste qu'elle souffrît de cette complaisance, elle lui faisait offrir un dédommagement; et Lisbeth, (c'est le nom de la suivante) voulut donner tout de suite, pour le premier mois, quatre ou cinq fois plus que ne valait l'ouvrage dont sa maitresse demandait le sacrifice. La mère Simplet ne voulut jamais recevoir que précisément ce qu'elle manquerait de gagner en ne commençant ses journées qu'à dix heures.

Cela fut offert d'une manière si franche, si ronde, si contrastante avec la façon dont la dévote en avait agi autrefois pour le même objet : Lisbeth avait l'air si engageant ! On se sentit bientôt aussi rapproché d'elle que l'on en avait d'abord paru éloigné. On la fit asseoir ; elle resta une demi-heure à bavarder, et l'on se quitta les meilleurs amis du monde. « — Quel dommage », disait la mère Simplet, « que cela soit perdu dans » le péché ! Mais avec le cœur si bon, » on ne peut pas manquer de se con-

» vertir tôt ou tard. Le Ciel leur » en fasse la grace » !

Les rencontres fréquentes que le voisinage occasionne, nous eurent bientôt liés avec Lisbeth, et ensuite avec sa maitresse, qui, étant toute simple, toute aimante, commença par nous prévenir en sa faveur, et finit par nous inspirer le plus tendre attachement.

L'austérité des principes de la mère Simplet avait d'abord été un obstacle; mais elle avait le pressentiment d'une conversion prochaine. Il y avait encore la grande disproportion de fortune; mais avec Julie, on n'y pensait seulement pas. Quoiqu'elle fût toujours mise avec la plus grande élégance, couvertes de rubans, de diamans,

diamans, de plumes, en un mot de tous ces colifichets qui humilient, qui éloignent le pauvre, elle était si bonne, si naturellement bonne, qu'on ne voyait que sa bonté. Une fois entr'autres, je fus témoin d'un tableau ! . . .

Julie avait gagné la confiance de la mère Simplet, au point que celle-ci, oubliant l'emportement de la dévote, lorsqu'elle lui avait dit que les maux de Justine avaient l'amour pour cause. . . . . . pressée d'ailleurs par ce ton de véritable intérêt qui dictait les questions de Julie, elle lui fit la même confidence.

« L'amour ! Pauvre fille » ! Et tout de suite montant chez la mère Simplet, pour s'occuper de Justine. . . .

Vous eussiez vu l'élégante Julie, d'autant plus parée, qu'elle allait, le même soir, au bal, vous l'eussiez vue dans le plus pauvre des réduits, sur un siége vermoulu, ayant d'un côté la bonne vieille, de l'autre, Justine, toutes deux sous les livrées de la pauvreté, leur tenant les mains, embrassant Justine, la plaignant, la consolant, l'encourageant, ayant même la délicatesse........ La délicatesse vis-à-vis du pauvre ! ô Julie ! c'est peut-être la plus rare des vertus. Oui, elle eut la délicatesse de ne pas insister pour savoir l'histoire de Justine, qui souffrait déja de ce qu'il était échappé à sa marraine de dire que l'amour était la cause de ses maux.

Blancay

Tom. I. Pag. 134

Le lendemain, Julie fit apporter chez ma bonne mère quelques meubles, une tapisserie, et elle recommanda à Lisbeth de se charger désormais de faire la cantine que Justine emportoit chaque jour dans sa retraite.

CHAPITRE XXVI.

Conduite qui sera peu imitée.

Déja Julie avait lu dans son cœur. Ce que M. de Sermeuil lui inspirait, elle ne croyait plus que ce fût de l'amour. Ce sentiment, elle commençait à le connaître, à l'éprouver pour le jeune d'Arleville.

Ce jeune homme, lancé, depuis quelques mois, dans le tourbillon, se trouvait livré à d'aimables libertins, qui travaillaient de tout leur pouvoir à le pervertir. N'ayant pas encore pu attaquer le fond, ils avaient au moins altéré la surface ; et d'Arleville, avec la plus belle ame, avait déja tous les ridicules de ceux qui n'ont que des vices. Il avait rencontré Julie dans une fête que le Commandeur avait donnée. Il s'était mis au rang de ses adorateurs, l'avait, comme les autres, étourdie de ces hommages que l'impertinence peut seule se permettre d'offrir, et que la sottise peut seule agréer. Aussi Julie ne les écoutait-elle que comme un bruit vague qui se perdait dans l'air. Cependant, à travers le papillotage, le pitoyable jargon que d'Arleville avait adopté, elle avait démêlé un homme honnête que l'on trompait, qui sacrifiait à la manie d'imiter de mauvais modèles, les avantages qu'il avait reçus de la nature,

Cette découverte avait été suivie du desir de le sauver des travers auxquels il était sur le point de se livrer ; et cet intérêt que, dès le premier moment, elle avait éprouvé pour lui, était devenu plus vif à mesure qu'elle avait mieux connu l'excellence de son cœur. D'Arleville, de son côté, sentait s'accroître chaque jour le sentiment que, dès la première vue, elle lui avait inspiré. D'abord courtisan empressé d'une jolie femme, ensuite écolier docile d'un guide aimable, bientôt ami tendre d'une aussi tendre amie, enfin amant passionné, il obtint l'aveu du retour dont son amour était payé ; mais tout de suite après, Julie alla trouver le Commandeur, pour lui déclarer qu'entraînée vers un autre par un penchant invincible, elle renonçait à ses bienfaits, etc. etc.

D'Arleville ne fut point prévenu de cette démarche. Ce fut pendant le tems même qu'elle s'effectua, qu'il en fut informé par une lettre que Julie avait laissée chez elle, pour lui être remise, et dont il fit part à Lisbeth et à moi.... Les amans sont naturellement confians, et le sont d'autant plus, qu'ils sont plus vivement affectés.

Je ne répéterai point ses exclamations de surprise, d'admiration, d'amour.... Elles ne furent interrompues que par l'arrivée de Julie. A peine a-t-elle paru, qu'il est déja dans ses bras : elle s'est élancée dans les siens avec la même rapidité. — « Mon ami ! je suis libre. Je suis à » toi, à toi pour la vie. Le Comman- » deur a pris la chose en philosophe ; » et me voilà maitresse de moi même. » Reçois-en pour preuve, pour ga- » rant, l'expression que je donne à ce » baiser ».

D'Arleville fut long-tems sans pouvoir rien dire. Des larmes.... ces larmes si délicieuses que fait répandre l'ivresse du bonheur, étaient son seul langage. --- « O toi », lui dit-il enfin, « toi, qui, pour ton amant, » renonces à toutes les jouissances du » luxe ! toi qui as le courage de sacri- » fier tout à mon bonheur, à notre » amour ! Femme adorable, reçois le » serment que je fais de ne plus exister

» que pour toi ; mais permets à ton » amant de t'offrir. . . . --- Arrêtez, » d'Arleville. Vous m'outrageriez si » vous en disiez davantage. La dé- » marche que je viens de faire serait » une inconséquence, si elle n'était » pas le résultat d'un parti bien dé- » cidé : elle serait indigne de moi, » si elle me conduisait à vous causer » la moindre dépense. Il faudrait ou » prendre sur la pension que vous » font vos parens, et qui vous suffit à » peine pour paraître dans le monde, » comme vous le devez, ou vous » mettre dans le cas de faire des » dettes. En voilà plus qu'il n'en faut » pour m'imposer la loi de tout refu- » ser. J'ai calculé. Je puis vivre avec » le produit de mes bijoux et de mes

» meubles. Je le puis même d'autant » mieux, que sachant travailler, je » ferai tout ce dont j'aurai besoin, » et qu'avec cette ressource, l'entre- » tien d'une femme modeste coûte » peu de chose. Que m'importe d'être » chargée de tout l'attirail de la co- » quetterie, ou d'être sous le costume » simple et frais d'une grisette, si » tu m'aimes autant d'une manière » que de l'autre ? J'espère même que » ton amante, mise avec simplicité, » avec modestie, te plaira davantage » qu'avec tous les colifichets d'un luxe » ridicule. Des meubles, pour être » commodes, n'ont pas besoin d'être » riches, et le repos habite plus vo- » lontiers sous le modeste baldaquin » d'indienne, qu'entre le damas et

» les crépines. Ma table, plus frugale, » n'en sera que plus saine, et tu » préféreras, je crois, aux mets du » meilleur cuisinier, ceux que j'aurai » apprêtés moi-même ».

CHAPITRE XXVII.

LA BONNE SOUBRETTE.

» Vous-même » ? dit Lisbeth. « Ah !
» ce sera bien moi, ne vous déplaise.
» Monsieur m'avait déja lu votre
» lettre. J'avais bien entrevu que
» votre plan était de me renvoyer :
» ce que vous venez de dire me le
» confirme ; mais vous rayerez cela de
» vos tablettes, s'il vous plaît, car,
» pour moi, je ne vous quitte pas,
» voyez-vous » ?

--- « Je suis bien sensible, ma
» chère Lisbeth, à cette preuve de
» ton attachement ; mais je ne suis
plus

» plus en état. . . . . --- De quoi ?
» de me garder ? Je vais vous prouver
» que si. Vous ne quittez pas votre
» logement ? --- Non ; il n'est pas
» assez cher. . . . . . --- Vous pouvez
» me laisser ma chambre ? --- Tant
» que tu voudras. --- Eh bien ! voilà
» tout ce que je vous demande. Le
» tems que nous gagnerons par la vie
» tranquille que vous allez mener,
» je l'emploierai à broder ; il me vau-
» dra pour le moins autant que des
» gages. --- Mais, Lisbeth. . . . ---
» Mais, Madame, vous savez comme
» je suis entêtée : je n'en démordrai
» pas. Vraiment oui ! je souffrirai que
» ces jolies petites mains aillent écu-
» mer un pot, et toucher des oignons !
» que ce joli teint aille se griller de-

» vant un fourneau ! Non pas, Ma-
» dame, non pas, s'il vous plaît.
» Allons, invitez bien vîte Monsieur
» à dîner pour demain ; il me tarde
» de lui prouver que je suis assez
» bonne cuisinière. --- Je n'ai pas
» besoin de l'inviter. Il est chez une
» tendre amie, qui ne comptera plus
» de momens d'existence que ceux
» qu'elle passera avec lui ».

Un baiser fut le garant de ce qu'elle disait ; un baiser en fut aussi le remercîment.

« Voilà qui est au mieux », dit Lisbeth, « nous avons été riches jus-
» qu'à ce jour : à présent nous allons
» être heureux ; car moi, il y a un
» certain Bernard . . . . suffit, suffit ».

CHAPITRE XXVII.

PLAN DE RÉFORME EXÉCUTÉ.

LE dîné qu'elle fit le lendemain était modeste, mais excellent : c'était un repas de noces ; et, si l'amour en faisait une fête, il recevait aussi un nouveau prix du zèle et de l'empressement de la nouvelle cuisinière.

Julie n'avait pas manqué de se vêtir en grisette. Un déshabillé de petite toile d'une couleur douce ; un de ces bonnets simples que les élégantes réprouvent, parce qu'il est plus aisé de payer des plumes, des rubans, des fleurs et un coiffeur adroit, que de produire de l'effet avec quelques morceaux de gaze modestement arrangés ; un mouchoir de mousseline qui dessinait des formes que jusqu'alors la mode avait ensevelies sous l'apparence menteuse d'une gaze boursouflée ; une tournure leste, un air content, un œil animé.... Précédemment elle passait de son cabinet de toilette dans sa salle à manger, nonchalamment appuyée sur la main de quelque merveilleux qui lui donnait des vapeurs ; cette fois, c'est elle-même qui a mis le couvert, c'est pour son amant.... Si, au milieu de ce qu'elle éprouvait, il est possible qu'elle ait pensé aux prétendus sacrifices qu'elle venait de faire, ce n'aura pu être que pour s'applaudir d'avoir échangé des plaisirs factices contre des jouissances réelles.

Peu de jours après, l'appartement changea de face. Les cheminées ne furent plus couvertes de ces riches porcelaines qui, dans la proportion de leur fragilité et de leur prix combinés, sont, tant qu'elles durent, des sujets d'inquiétude, et des sujets de désolation lorqu'elles viennent à se briser. Plus de ces fastueuses superfluités que le pauvre ne peut voir éparses dans les appartemens du riche, sans s'écrier : « Hélas ! le prix d'une » seule de ces riches bagatelles arra-» cherait un homme, toute une famille » à la misère » ! Une toile de Jouy, d'un dessin gai, remplaça le riche, mais triste damas. Le noyer, luisant quand il est entretenu avec soin, prit la place du sombre acajou. Le plaisir s'établit dans l'alcove, au lieu du luxe qui l'avait occupée jusqu'alors. Les superbes pendules qui décoraient toutes les pièces de l'appartement furent supprimées. « Qu'ai-je à faire de » cette division méchanique du tems » ? disait Julie ; « je n'en compterai pas » moins sa lenteur ou sa rapidité par » l'absence ou par la présence de mon » amant ».

CHAPITRE XXIX.

D'APRÈS LEQUEL ON POURRA CONJECTURER.

UN soir que d'Arleville venait plus tard qu'à l'ordinaire chez Julie, il se rencontra sur l'escalier avec Justine, qui rentrait. A peine l'a-t-elle envisagé, que, jetant un grand cri, elle s'évanouit. Il n'eût que le tems de la recevoir dans ses bras, de la porter chez Julie, où je me trouvai alors. Long-tems nos soins furent inutiles. Enfin elle ouvrit les yeux, promena son regard sur nous tous, l'arrêta sur d'Arleville, qu'elle fixa long-tems dans une immobilité si expressive,

que tous nos cœurs étaient serrés ; puis, exhalant un profond soupir, deux ruisseaux de larmes vinrent inonder ses joues, et baigner les mains de d'Arleville qu'elle tenait dans les siennes. Tout-à-coup, appercevant la mère Simplet, elle s'élance vers elle, cache son visage sur son sein.....
--- « Allons-nous-en, ma bonne mar-
» raine, allons-nous-en; je n'y résis-
» terais pas ». Elle sortit.

Nous restâmes tous dans un état que je ne pourrais décrire. D'Arleville sur-tout éprouvait un trouble! un intérêt ! que jamais aucun être ne lui avait fait éprouver. Il fit l'impossible pour engager la mère Simplet à parler ; mais cela lui était défendu plus que jamais.

Depuis ce jour, Justine revint de sa retraite beaucoup plutôt qu'elle n'en revenait précédemment, et ne manquait pas, après son dire ordinaire : --- *J'en ai vu un* ; ou *je les ai vus tous les deux* ; ou, *je n'ai vu personne* ; d'ajouter cette question : *Est-il chez Julie ?*

Ensuite elle se plaçait sur l'escalier, appuyée sur la rampe, jusqu'à ce qu'elle l'eût vu arriver ou partir. Dès qu'elle l'avait vu, elle remontait chez sa marraine, et la douce mélancolie remplaçait sur son visage le sombre de la douleur.

« Courage, mon enfant », disait la bonne Simplet, « il ne faut jamais désespérer de la Providence. » Vlà déja un petit amoindrissement

» dans tes peines. Qui sait ce que le
» bon Dieu te prépare ? Remercions-
» le, prions-le ; et espérons tout de
» sa bonté ».

Julie, d'Arleville et moi, nous nous perdions dans les conjectures. Nous nous arrêtâmes à penser que d'Arleville ressemblait à l'amant que la mort ou l'infidélité avait enlevé à Justine. Quoi qu'il en soit, on s'applaudissait de ce que sa vue était un allégement à ses peines. On voulut même l'engager à passer avec lui, chez Julie, une partie des soirées ; mais elle refusa constamment, en disant qu'elle n'y résisterait pas.

CHAPITRE XXX.

LE SOUFFLET ET LE BAISER.

BERNARD et Sans-Regret, qui passaient une partie du tems chez la bonne mère, s'intéressaient aussi beaucoup à Justine. L'un, en la plaignant, avait la délicatesse de respecter son secret; l'autre voulait absolument connaître celui qui avait trahi cette pauvre fille, pour aller le trouver et le forcer, le sabre à la main, de venir réparer sa faute. --- « Mais » s'il est mort » ? disait Bernard. --- » En ce cas..... mais non; je gage- » rais qu'il ne l'est pas. Je ne peux » dire sur quoi je fonde cette idée,

» mais j'y mettrais mes oreilles que
» le coquin n'est pas mort. Et je ferai
» tant que je saurai où il est. Et, si
» je le sais une fois, sarpebleu! je jure
» par les charmes de Mlle. Lisbeth... ».
Il va pour désigner du geste de quels charmes il veut parler. A peine sa main en a-t-elle approché, que celle de Lisbeth lui a appliqué le plus beau soufflet!... Notre homme s'était à moitié levé; il était aux trois quarts ivre, le soufflet lui fit perdre entièrement l'équilibre. --- « C'est bien fait », dit-il en se relevant; « j'ai ce que
» je mérite. D'abord et d'un, vous êtes
» sage, partant respectable pour tout
» le monde; ensuite vous l'êtes en-
» core plus pour moi, puisqu'vous
» êtes l'amie de cœur de Bernard.

» Que

» Que voulez-vous ? ce maudit vin
» attaque la raison ; ce diable de fichu
» qui s'était entr'ouvert. . . . . . Mais
» c'est égal. Bernard, si je t'ai offensé,
» tu n'as qu'à parler : je t'en ferai
» raison »,

--- « Monsieur Sans-Regret », dit Lisbeth, « est-ce comme cela que
» vous réparez vos torts » ?

--- « Ah ! mille pardons, Mam'selle
» Lisbeth ; mais n'ayez pas peur.
» Quoique j'sois la plus forte lame
» du régiment, je ne sais pas quel
» empire ce diable de Bernard a sur
» moi : son sang-froid, la raison qui
» est toujours toute de son côté, une
» manière de respect que j'ai pour lui,
» et qui fait rentrer toutes mes bottes
» dans ma manche, tant y a que quand

» nous nous battons ensemble, j'suis » toujours sûr d'en revenir avec une » saignée ; mais c'est égal : vous avez » toujours raison de craindre, parce » que, j'dis, y ne faut qu'un coup » malheureux pour enterrer vos pro- » jets de mariage ; et, tout au con- » traire, j'veux les seconder, voyez- » vous. Mon tems expire l'année pro- » chaine. Eh bien ! je m'rengagerai » pour finir celui de Bernard ».

« Seroit-il possible » ? dit Lisbeth, en lui sautant au cou. « Mon cher » Sans-Regret » !

« Sarpebleu » ! dit celui-ci, « on a » bien raison de dire que gn'y a qu'à » gagner à être bon enfant. Ce baiser » que vous venez de me donner..... » Tenez, mam'selle Lisbeth, ç'a m'a

» remué l'ame comme une victoire ;
» car, gn'y a pas à dire autrement ; je
» vous aime plus que vous ne croyez.
» Vous préférez Bernard ; c'est bien
» fait : il vaut cent fois mieux que moi ;
» mais c'est égal ; et je me dédom-
» magerai de ne pas vous avoir, en
» me rengageant pour que lui puisse
» vous épouser plutôt ».

CHAPITRE XXXI.

LE TRIN-TRIN.

Bernard voulut l'interrompre. --- « Sarpebleu, mon camarade, ne viens » pas mettre ta délicatesse à la tra- » verse de ma volonté. C'est arrêté » comme ça dans ma tête. Tu me » ferais dix saignées que je n'en dé- » mordrais pas. Allons, à ta santé, » à celle d'la future. A propos, si » nous chantions le trin-trin? --- » Volontiers », dit Bernard. « Va » pour le trin-trin », dit la mère Simplet. « Je parie qu'il faudra faire » chorus, et puis trinquer, et puis » boire. J'aime ces chansons-là, moi;

» pourvu que vous ne me fassiez pas
» plus boire que je ne voudrai, car
» n'faut pas se griser. Vous entendez
» bien, Monsieur Sans-Regret. -- Oh!
» que oui, la maman. Je vois bien
» que vous me coulez-là une leçon
» sans que ça paraisse; mais c'est égal.
» Vous avez raison, et je serai sobre,
» je vous le promets. Chantons tou-
» jours ».

RONDE.

DANS ce monde on ai-me le

bruit, mais dans l'espè-ce l'on dif-

fe - re, et chacun préfe - re ce-

lui qui convient à son ca-rac-

tère; pour moi qui n'aime que le

vin, un seul bruit flatte mon o-

reil - le, c'est le trin - trin,

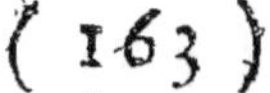

c'est le trin - trin de mon verre et

de ma bou-teil-le ; c'est le trin-

trin, c'est le trin - trin de mon

verre et de ma bou - teil - le.

Nous répétâmes tous les quatre derniers vers, en marquant la mesure et l'intention du troisième par le choc de nos verres entre eux, tandis que Sans-Regret faisait sa partie avec le sien contre une bouteille. Nous en fîmes de même à chaque couplet.

I I.

Pastourelles et pastoureaux
Aiment entendre le murmure
Et des zéphyrs et des ruisseaux
Qui vont caressant la verdure.

Mais moi qui n'aime que le vin,
Un seul bruit flatte mon oreille :
C'est le trin-trin ; c'est le trin-trin
De mon verre et de ma bouteille.

I I I.

Un orchestre a seul des attraits
Pour l'amateur de la musique.
Les frons, frons, frons de vingt archel
Pour ui sont lun plaisir unique.

Mais moi qui n'aime que le vin,
Un seul bruit flatte mon oreille :
C'est le trin-trin ; c'est le trin-trin
De mon verre et de ma bouteille.

I V.

L'ATTENTE d'un billet galant
Occupe-t-elle une fillette ?
Le cœur lui bat quand elle entend
Le pan, pan, pan de la claquette.

Mais moi qui n'aime que le vin, etc.

V.

POUR le guerrier, dans les combats,
Tambours, clairons, artillerie,
Et des armes tout le fracas,
Voilà la meilleure harmonie.

Mais quand il est dans un festin,
Un seul bruit flatte son oreille :
C'est le trin-trin ; c'est le trin-trin
De son verre et de sa bouteille.

« Pardi ! vlà qui est bien gai », dit la mère Simplet. --- « Oui », dit Sans-Regret ; « mais ce qui ne l'est » pas, c'est que je joue de mon reste. » Allons, buvez tous à notre bon » voyage ; car voilà notre tems expiré. » Faut que nous rejoignions ».

En effet, ils partirent le surlendemain. Nous pleurâmes tous en embrassant Bernard. Nous avions formé le projet de le conduire jusqu'à quelques lieues de Paris ; mais il n'eut pas son exécution : je fus retenu par le travail d'une place que j'avais depuis quelques jours. C'était celle de Secrétaire de M. d'Arleville le père, que son fils, à la recommandation de Julie, avait obtenue pour moi.

CHAPITRE XXXII.

OU L'ON RETROUVERA QUELQU'UN A QUI ON NE PENSE PLUS.

MONSIEUR d'Arleville était d'une naissance obscure ; mais, enrichi par des spéculations heureuses, il avait voulu s'illustrer par son second mariage. Il y était parvenu aux dépens de son bonheur. Une veuve ayant, au lieu de fortune, un nom, des parens puissans..... Quelle fut ma surprise de trouver en elle cette même dévote qui avait occupé, au-dessous du logement de la mère Simplet, l'appartement devenu depuis celui de Julie, et qui l'avait quitté à la suite de la station avec l'Abbé, dont elle avait craint, avec raison, que je n'eusse été témoin ! Cette crainte se renouvella, quand elle me vit attaché à M. d'Arleville : et, si sa vue m'étonna, ma présence ne laissa pas de la déconcerter.

« Croyez-vous, dit-elle assez sèchement à M. d'Arleville, « qu'un » aussi jeune homme soit de force à » être votre secrétaire » ? Je pris la parole, pour lui dire que je connaissais la faiblesse de mes moyens, mais que j'y suppléerais autant qu'il serait en moi par le zèle, par l'attachement, *et sur-tout*, ajoutai-je en y mettant le ton convenable, *par une discrétion à toute épreuve*. Elle sentit l'application, me loua de cette

qualité

qualité *essentielle dans ma place*, et me promit son amitié. . . .

Elle m'en accorda au moins l'apparence. M. d'Arleville me donna réellement la sienne. J'en eus la preuve dans une circonstance bien agréable pour moi. La cure de sa terre vint à vaquer. Nombre de personnes puissantes la sollicitaient pour des protégés. Le desir d'obliger le bon M. Francir, me donna la hardiesse de risquer ma prière au milieu de toutes ces recommandations imposantes. Je l'emportai sur elles ; et ce fut à ce respectable Prêtre que la Cure fut donnée.

Je n'ai pas besoin de dire combien cela m'attacha à M. d'Arleville. Il m'accordait d'ailleurs cette considération si puissante sur l'homme sensible. Je n'étais point traité comme un homme payé, mais comme un ami; et il ne manquait à mon bonheur que de voir mon bienfaiteur heureux: il s'en fallait de beaucoup qu'il le fût. Il était au contraire livré à une tristesse habituelle dont on ignorait la cause, et que j'attribuais au regret d'avoir uni son sort à une femme dont le caractère était si peu analogue au sien. Hautaine comme presque toutes les femmes de condition qui épousent des financiers; intolérante comme toutes les fausses dévotes; acariâtre au-delà de toute expression; n'ayant pour personne le plus faible attachement, pas même pour M. d'Arleville, qui avait fait son bonheur, et que tout le monde chérissait ; ni pour les enfans de sa première femme qui, comme lui, étaient universellement aimés. Sa fille sur-tout.... il n'y avait qu'une pareille belle-mère qui pût refuser sa tendresse à la fille de M. d'Arleville, à l'aimable Adèle.

CHAPITRE XXXIII.

ADÈLE.

Tout en elle annonce un caractère excellent, beaucoup de sensibilité. La physionomie douce, l'air ingénu, l'œil velouté, un son de voix qui va à l'ame...... Je ne l'éprouvai que trop pour ma tranquillité ! Dès que j'eus lu dans mon cœur, je voulus fuir, mais il était trop tard; je n'en avais plus la force. Tout ce que je pus obtenir de moi, fut le projet de lui laisser ignorer mon amour.

Je ne tardai pas à m'appercevoir que je n'étais pas le seul qui ressentisse les effets de ses charmes. L'Abbé

Fallacio, qui dirigeait la conscience de Madame d'Arleville, avant qu'elle portât ce nom, et lorsqu'elle était la voisine de la mère Simplet. . . . . . On s'attendait bien de le trouver chez M. d'Arleville. Ceux qui lui ressemblent ne quittent pas prise, quand la fortune de leurs pénitentes s'accroît: mais, après la scène que j'avais vue du cabinet, on ne pouvait pas imaginer qu'il osât porter ses vues sur la belle-fille de cette même femme.... J'observais avec intérêt. Une foule de petites circonstances éveillèrent mes soupçons; le tems ne fit que les fortifier; Adèle les confirma par le soin extrême qu'elle prenait d'éviter de se trouver seule avec lui.

Le monstre! quand je voyais son

œil cave et faux se promener sur les charmes d'Adèle; lorsque, pour monter un escalier, il osait lui offrir la main. . . . . heureusement elle la refusait toujours ; je crois que, si elle l'eût acceptée, je me serais trahi. J'avais déja tant de peine à me contenir ! sur-tout depuis une scène où j'avais crû voir que j'inspirais quelque intérêt.

Par suite d'une lecture, et d'une dissertation qu'elle avait amenée, j'en étais venu à dire que la naissance était peu de chose, et qu'il n'y avait de différence réelle entre les hommes, que par leurs qualités personnelles. Madame d'Arleville, oubliant les raisons qu'elle avait de me ménager, n'écoutant que son orgueil blessé, me traita avec une hauteur..... que jamais je n'aurais soufferte, si j'avais pu ne pas la souffrir sans m'exposer à être banni de l'endroit où je voyais Adèle.

Cette aimable personne leva les yeux au ciel, les reporta sur moi, avec l'air de me dire : « Adèle vous » plaint ». Puis son fichu soulevé avec plus de force et de lenteur qu'à l'ordinaire...... « Ah ! Madame d'Arleville », dis-je en moi-même, „ traitez-moi à présent comme vous „ voudrez. Je souffrirai tout ; oui, „ tout...... mais ne vous en allez „ donc pas...... ne me laissez pas „ seul avec cette charmante fille ; „ dans un moment comme celui-ci..... „ son cœur disposé pour moi ; le

„ mien brûlant pour elle. . . . . . „.

Madame d'Arleville était effectivement partie. Soit excès de colère, soit le reproche de s'être laissée emporter trop loin, elle était sortie brusquement, et nous avait laissés, Adèle et moi, aussi déconcertés l'un que l'autre de nous trouver tout-à-coup seuls ensemble. Elle brodait. Je tenais encore le livre qui avait amené les réflexions dont l'orgueil de Madame d'Arleville avait été si vivement blessé. . . . . . Le livre, comme la broderie, n'était que pour la contenance. Adèle ne passa pas une soie ; je ne lus pas une seule ligne. Nos yeux occupés à se chercher, à s'éviter..... --- " Ma belle mère, me dit-elle enfin, " vous a traité bien dure-
„ ment „!

J'allais répondre que j'en avais été bien dédommagé ; et qui sait où cela m'aurait conduit ?

Par bonheur, le jeune d'Arleville entra. Il me cherchait, pour me dire que Julie venait de recevoir la somme que le Commandeur lui donnait précédemment à chaque quartier ; qu'en même tems on lui avait dit qu'il y avait des fonds placés à cet effet, et qu'elle en recevrait autant à l'échéance de tous les quartiers. ---" Il est clair ",, ajouta d'Arleville, " que c'est un trait ,, de M. de Sermeuil. Il est superbe ; ,, nous l'admirons : mais Julie ne doit ,, ni ne veut accepter ce bienfait. ,, Moi-même, vous jugez bien que je ,, ne voudrais pas voir mon amante ,, enrichie par un autre. Nous avons

„ décidé qu'elle irait sur-le-champ le „ trouver, pour lui remettre ses dons. „ Il demeure actuellement à la cam- „ pagne ; et, comme je ne peux pas y „ aller dans ce moment, j'ai compté „ sur vous, pour accompagner Julie. „ Il ne faut que deux jours : mon père „ vous les accordera sûrement „.

CHAPITRE XXXIV.

LE VOYAGE.

En effet il me les accorda ; et je partis avec Julie et Lisbeth dans une voiture publique. La quatrième place était occupée par un de ces fastueux personnages, dont la mise éblouit les sots, et repousse les gens raisonnables. Il débuta par prendre le fond, quoiqu'il y eût des femmes. Il est vrai que l'une n'était qu'une soubrette, et que la maîtresse avait un air si simple ! un ton de si grande bonté en parlant à sa suivante ! tandis que le Monsieur avait une toilete si recherchée ! une coiffure élégante, des odeurs, les doigts garnis de bagues de toutes sortes de formes et de couleurs, deux chaînes chargées de breloques, deux montres enrichies qu'il s'empressa de sortir, de faire sonner...... Quelle mal-adresse! Si l'homme riche savait combien il sacrifie de plaisirs à la ridicule manie de vouloir éblouir par sa richesse, il ne ferait plus un aussi sot marché. Que ce Monsieur n'eût eu d'affectation ni dans sa mise, ni dans ses manières, qu'il n'eût pas pris d'autorité une place qu'il aurait toujours eue, parce que nous n'aurions pas souffert qu'il s'en fût privé pour Lisbeth; la voiture n'aurait pas roulé dix minutes, que nous nous serions parlé. Des mots vagues en auraient

amené

amené de plus suivis. La conversation auroit pû finir par être intéressante ou gaie ; nous aurions rendu ainsi notre voyage agréable, et tout le monde y aurait gagné. Au lieu de cela, nous cheminâmes dans un silence ! . . . . . Celui du Monsieur semblait dire : --- « Mon dieu ! que » l'on est malheureux de ne point » avoir une voiture à soi ! Qu'il est » désagréable d'avoir une route à faire » avec des premiers venus, avec de » petites gens qu'il faut supporter pen- » dant je ne sais combien d'heures ! » » Notre silence à nous disait aussi clairement, que nous ne souffrions pas moins de nous trouver avec un tel compagnon de voyage ; non pas que son faste nous en imposât, mais parce que, sa présence nous gênant pour ce que nous aurions eu à dire entre-nous, il était désagréable de ne pouvoir se dédommager de cette gêne par une conversation générale.

Nous fîmes ainsi la moitié du chemin. On arrêta pour faire rafraîchir les chevaux. Pendant ce tems, nous allâmes nous promener dans un parc, qui se trouva ouvert. Nous vîmes notre élégant suivre Lisbeth, que sa folâtre gaieté conduisait indistinctement dans toutes les allées du parc, s'inquiétant peu si nous dirigions notre promenade du même côté. J'avais déja cru m'appercevoir dans la voiture qu'il faisait attention à elle.

Lisbeth avait l'œil vif, le nez retroussé, une bouche riante, une physionomie lutine. Trop vive pour avoir un embonpoint excessif, elle n'en avait pas moins besoin d'un fichu assez ample. Et puis, une certaine manière de l'arranger ! . . . . . . La pudeur était satisfaite ; mais la curiosité pouvait aussi l'être, si cependant elle ne desirait pas trop, et si elle savait saisir les différens jours que procuraient la variété des attitudes et la vivacité des mouvemens. Le Monsieur n'avait pas vu impunément cette blancheur de lis, cette immobilité qui résistait aux plus rudes cahots de la voiture. . . . . Mais il a joint Lisbeth au détour d'une allée ; nous sommes derrière une charmille : voici leur dialogue.

Le M. --- « Savez-vous bien que
„ vous allez d'un train à défier l'homme
„ le plus leste » ?

L. --- « Trouvez-vous cela, Mon-
„ sieur » ?

Le M. --- « Cette autre Dame est
„ votre maîtresse, à ce qu'il m'a
„ semblé » ?

L. --- » Pourquoi » ?

Le M. --- « Elle a une soubrette
» charmante ».

L. --- « Il y a long-tems que les
» miroirs me le disent ».

Le M. --- « Et les hommes aussi,
» sans doute » ?

L. --- « Mais, oui ».

Le M. --- « Et l'on n'est pas tou-
» jours incrédule » ?

L. --- « Vous avez deviné ».

Le M. --- « Charmante ! sur ma » foi ! Comme elle est fraîche ! C'est » véritablement une rose ». (Il s'approche pour prendre de certaines libertés. Il est arrêté par un grand coup d'épingle). --- « Ah ! la méchante ! » comme elle m'a piqué » !

L. --- « Pour que votre comparaison „ ne fût pas tout-à-fait fausse , il „ fallait que je ressemblasse à la rose „ au moins par les épines ».

Le M. --- « Et vous me raillez en„ core ! Oh ! vous allez me le payer ».

L. --- « Prenez garde à vous. Je me „ vengerai d'une manière terrible ».

Le M. --- « Que pouvez-vous me „ faire de si effrayant » ?

L. --- « Je fourragerai votre coif„ fure „.

Cette menace fit son effet. Notre fat, tout en disant que cela lui serait égal, battit en retraite si gauchement, que nous ne pûmes retenir un éclat de rire, qui acheva de le déconcerter. Il ne nous voyait pas ; mais il se douta bien que c'était nous. Aussi fit-il semblant de dormir pendant tout le reste de la route.

CHAPITRE XXXV.

VOILA COMME IL LES FAUDRAIT.

Nous arrivâmes enfin à un chemin de traverse qui conduisait chez M. de Sermeuil, et où il fallait quitter la voiture. Il n'y avait qu'une lieue à faire : nous l'entreprîmes à pied, mais nous fîmes l'étourderie de ne pas prendre de guide. Nous nous égarâmes ; la nuit commençait à se clorre, et nous commencions à nous inquiéter, lorsqu'enfin nous apperçûmes une lumière, vers laquelle nous dirigeâmes nos pas. Nous y fûmes bientôt arrivés.

Au bruit que nous faisions, un gros

chien sortit en aboyant, mais d'un aboiement caressant. Cet animal venait à nous, retournait à la porte, revenait, retournait, comme pour nous engager à entrer. Presqu'aussitôt parut une paysanne, qui vint nous demander si nous ne nous étions pas égarés, et qui, sur notre réponse affirmative, nous invita, du ton le plus empressé, à venir nous reposer chez son maître, qui était un *phirsolophe*. Notre scène muette exprima sans doute la crainte d'être chez un original, pour ne rien dire de plus; car la paysanne nous dit, en parlant avec la plus grande volubilité : --- „ Sans doute que vous ne savez pas „ encore c'que c'est qu'un *phirsolophe* „ Ca n'est pas étonnant. Je n'le sais,

„ moi, que du depuis que mon maître
„ est ici ; mais faut dire qu'c'est la pus
„ belle chose du monde. Un homme
„ tout simple, tout uni, qui fait tant
„ d'bian qu'il peut, qui trouv'bian tout
„ c'que font les autres, qui parle au
„ pauvre monde comme à ses pareils,
„ et qui, m'est avis, parlerait tout
„ ded'même à un prince ; car, voyez-
„ vous, M. de Sermeuil ne distingue
„ les hommes. . . . . --- M. de
„ Sermeuil, dites-vous ! --- Oui-dà.
„ --- C'est précisément chez lui que
„ nous venons. --- Oh bian ! vous y
„ vlà tout portés. Il va ête bian con-
„ tent, quand il rentrera, d'trou-
„ ver comm'ça cheux lui deux braves
„ dames et un brave Monsieur d'sa
„ connaissance. Quand bian même i

„ n'vous connaîtrait pas , ça serait
„ encore égal , voyez-vous ? Quand
„ j'dis qu'ça s'rait égal , pas tout-à-fait
„ pourtant. Dame ! écoutez donc. Les
„ ceux que l'on connait , on doit les
„ recevoir mieux que les autres :
„ mais c'est qu'il est si honnête !
„ c'est qu'il est si bon ! Vous croyez
„ peut-être que ç'te lumière qu'vous
„ avez vue, c'est par hasard. Eh bian !
„ point du tout. V'là encore c'qui vous
„ trompe. Comme c'village est dans
„ le milieu du bois, qui n'est pas bon ,
„ da ! et dans lequel i n'faut pas avoir
„ trop bu, comm'dit c't'autre, pour
„ perdre son chemin , not'maître ne
„ veut pas que les volets d'sa maison
„ soyont fermés , afin que les lumières
„ sarviont aux gens qui v'nont à s'éga-

„ rer, et ils sont toujours assurés de
„ trouver ici une bonne réception.
„ C'est comm'ça qu'not maison est
„ montée. Gn'y a pas jusqu'à not
„ chien, parlant par respect, qui est
„ déja accoutumé à faire bonne meine
„ aux gens. Il n'est dressé à çà qu'tout
„ nouvellement ; mais c't'accoutu-
„ mance-là, ça s'prend bian vîte par
„ les bêtes comm' par les personnes.
„ Tant seulement j'mettons de la pru-
„ dence, suivant les ceux qui se pré-
„ sentont ; car, écoutez donc, c'n'est
„ pas l'tout qu'd'être bon, n'faut pas
„ s'exposer. Il est vrai que l'village est
„ là tout près, et qu'au moindre signe
„ d'notre maître, gn'y a pas un paysan
„ qui ne se fît hacher pour le défendre.
„ Il n'est pourtant-pas not'seigneur.

„ Ce n'est pas, j'dis, qu'il aurait bian
„ pu l'être s'il avait voulu ; mais i dit
„ comm'ça, dit-i, qui gn'y a pas de
„ plaisirs, parce que gn'y a toujours
„ des droits à soutenir contre les pau-
„ vres gens, qui pour la chasse, qui
„ pour la pêche, qui pour autre chose,
„ et que, riche pour riche, on fait
„ plus de bian, étant simple particu-
„ lier, qu'étant seigneur..... Mais
„ moi donc qui ne pense pas à vous
„ faire rafraichir ! Pardon, excuse,
„ mes bonnes Dames ; c'est que quand
„ j'parle de mon brave maître......
„ T'nez v'là une bouteille. Françoise,
„ va prendre des verres sur la table.
„ Allons donc, lambine, allons donc...
„ Ah ! c'est bian heureux. Faites la
„ révérence, Mam'zelle ».

„ C'est

--- « C'est à vous cet enfant-là » ?

--- « Oui, Madame, à vous servir, » si elle en était capable. Faites-donc » la révérence, Mam'zelle ».

--- « Quel âge a-t-elle » ?

--- « Sept ans, Madame, vienne » la moisson. Faites-donc la révé- » rence, Mam'zelle ».

--- « Elle est bien forte pour son » âge » ?

--- « Oh ! c'est qu'ça ne boude pas » d'vant son écuelle. Si elle était seu- » lement aussi sage que gourmande !... » Mais faudra bian qu'ça vienne. N'est- - ce pas, Madame, que vous n'l'ai- » merez pas, si elle n'est pas bian » sage ? Faites-donc la révérence, » Mam'zelle ».

--- « Tenez, ma petite amie ; voilà

» des bonbons , à condition que vous
» contenterez bien votre mère ».

--- « Oh ! mon Dieu ! Madame,
» vous êtes trop bonne. Faites-donc
» la révérence , Mam'zelle. . . . . .
» Mais , je crois entendre. . . . . .
» M'est avis que j'entends not'-
» maître ».

C'était effectivement lui. La présence de Julie ne le surprit pas. Il connoissait assez la délicatesse de ses principes, pour s'être attendu à cette démarche ; mais il était dans les siens qu'elle serait absolument sans effet. Quoi que pût dire Julie, pour obtenir de lui qu'il reprît ses dons , il résista à ses instances. Il fallut finir par céder ; et elle fut forcée de permettre qu'il offrît à la chaste amitié, ce qu'il avait précédemment consacré à une liaison que la bonne morale condamnait.

CHAPITRE XXXVI.

LA VEILLÉE.

CE point arrangé, le Commandeur, pour qu'il n'en fût plus parlé, nous proposa de passer dans le salon, où la compagnie nous attendait. Nous ne savions trop ce que cela voulait dire. Nous eûmes bientôt le mot de l'énigme. Le salon était une superbe grange; et la compagnie, c'était tout le village réuni pour la veillée. On n'y manquait pas chaque soir; mais ce que M. de Sermeuil ne nous avait pas proposé, parce que lui-même l'ignorait, ce fut une fête qu'on lui donna le même soir, à l'occasion de la sienne.

Nous trouvâmes la grange illuminée, et tapissée de lierre, formant des arcades, des guirlandes et le chiffre du Commandeur. Toutes les filles étaient vêtues en blanc, les femmes avaient leurs belles cottes rouges, les garçons leurs habits des dimanches, de la poudre et des cocardes. Les VIVE M. DE SERMEUIL ! marquèrent notre arrivée. On vint le prendre par la main, et le conduire sur une espèce d'estrade. Sitôt qu'il y fut, un pan de tapisserie, qui tomba, laissa voir un fauteuil enjolivé de fleurs et de rubans, au-dessus duquel pendait une couronne. Au même instant l'orchestre, composé de trois ménétriers, partit d'un coup d'archet à briser toutes les cordes.

Ils jouèrent une fanfare, ensuite une marche, au son de laquelle on vint deux à deux, à la file, apporter des bouquets à M. de Sermeuil. Deux paysans donnèrent, au lieu de fleurs, une poignée d'épis d'orge. Ils provenaient de la première récolte faite dans un terrein que le Commandeur leur avait donné. D'autres lui présentèrent une botte de joncs secs. C'était pour désigner un marais desséché par ses soins, et qu'il faisait cultiver pour les pauvres. Enfin les vieilles lui présentèrent un rouet dont la bobine était couverte de fil d'or et de soie. Le Magister, qui avait lu autrefois la fable des Parques, leur avait conseillé cette allégorie.

Il y eut ensuite une collation composée des plus beaux fruits que chacun avait pu cueillir dans son jardin. Les femmes avaient fait des crêmes, des pâtisseries, des vins cuits. J'ai vu à la ville de prétendus ambigus bien symmétriques. Celui-là en était véritablement un. Des corbeilles de joncs, des paniers d'ozier, une vaisselle aussi diversifiée par les formes que par les couleurs, le tout placé sur la table, comme cela s'était trouvé; par-dessus tout, une bonne gaieté bien franche, bien soutenue, des rondes, des chorus, puis des danses où l'on s'embrouillait toujours, mais où l'on riait de tout son cœur.

Cependant la crainte que Julie, déja fatiguée de la route, ne fût incommodée par une veillée trop prolongée, fit que M. de Sermeuil tira sa montre. Je fis de même. Nous étions à quelques minutes l'un de l'autre. Je pris la sienne, et après l'avoir réglée sur celle de Bernard : --- « Elle le mérite », lui dis-je en la » lui rendant.

Ce mot piqua sa curiosité. Je lui racontai le trait de Bernard. Il voulut revoir ma montre, la considéra avec une attention respectueuse ; puis, reprenant la sienne : « On te fait » trop d'honneur », lui dit-il avec un air de pitié ; « il s'en faut de beau- » coup que tu puisses soutenir la com- » paraison ».

Fin de la première partie.

TABLE

Des Chapitres contenus dans ce volume.

CHAP. I. QUELLE *différence de ceux-ci à ceux-là ?* page 1

I. *Le Prédicateur.* 11

III. *La bonne vieille.* 15

IV. *Justine.* 23

V. *La montre.* 27

VI. *Les souvenirs.* 30

VII. *L'injustice.* 34

VIII. *L'adoption.* 40

IX. *Le cabinet.* 45

X. *La dévote.* 51

CHAP. XI. *Qui n'étonnera que les novices.* page 58
XII. *La lecture.* 62
XIII. *M. Agathographe.* 65
XIV. *Les deux Auteurs.* 71
XV. *Les jeunes Artistes.* 78
XVI. *Les Charlatans.* 80
XVII. *Le bon Prêtre.* 89
XVIII. *Les deux rencontres.* 95
XIX. *Le combat.* 99
XX. *Le raccommodement.* 101
XXI. *Nouveau bienfait de Bernard.* 108
XXII. *La grand'mère.* 115
XXIII. *La Prière.* 121
XXIV. *Faisant suite au vingt-deuxième.* 124

CHAP. XXV. *Julie.* page 127
XXVI. *Conduite qui sera peu imitée.* 136
XXVII. *La bonne Soubrette,* 144
XXVIII. *Plan de réforme exécuté.* 147
XXIX. *D'aprés lequel on pourra conjecturer.* 151
XXX. *Le soufflet et le baiser.* 155
XXXI. *Le trin, trin.* 160
XXXII. *Où l'on retrouvera quelqu'un à qui on ne pense plus.* 167
XXXIII. *Adèle.* 172
XXXIV. *Le voyage.* 179

CHAP. XXXV. *Voilà comme il les faudroit.* page 187

XXXVI. *La veillée.* 196

Fin de la table du premier volume.

De l'Imprimerie de GUILLOT, rue des Bernardins, N°. 25.

www.ingramcontent.com/pod-product-compliance
Lightning Source LLC
Chambersburg PA
CBHW051820020726
47502CB00005B/1550

* 9 7 8 2 0 1 4 5 1 0 6 7 6 *